一夜长大

尼格买提·热合曼 著

长江出版传媒　长江文艺出版社

人不是一年年慢慢长大的，
而是一夜间长大的，
那天我埋葬了挚爱，
也埋葬了自己的少年……

目 录
CONTENT

◇ 序 章 / 007

◇ 制造一个幸运儿 / 017

◇ 一生做梦,不要停止 / 073

◇ 每一步,都算数 / 111

◇ 你确定吗? / 139

◇ 离开是为了归来 / 179

◇ 幸运的真相 / 215

◇ 记得每一次相遇和离别 / 255

◇ 你好,生活 / 273

序章
GREW UP OVERNIGHT

你离开这个世界，我便不再是孩子

因朋友结婚，回了一趟新疆。

这是姥姥走了以后，第一次回到那个叫做家的地方。

倒是比以前轻松了一些，以往十五年。回家第一件事，先给姥姥打个电话让老人家知道我还惦记着她，再找个充裕的时间去她那儿看看。吃个午饭睡个午觉，这都是固定环节，最后匆匆，临行前还总保证："还不用说再见呢，明后天还能来。"

从来，几乎都是只去一次，明后天不是忙别的，就是回北京了。

飞机上邻座一位奶奶，正好是跟我们家沾亲带故有点关系，临下飞机前微笑看着我说：这趟回来，你姥姥得多高兴啊。

她是不知道姥姥走了？还是仅仅一句宽慰的话？我不知道。

但这事让我更加确定，我回去的那个地方，不再完整。

一跃跳进深两三米的洞穴，周遭尽是土沙碎石。我往上面看，一块长方形的天空，纯粹和苍白，不带情感，不带色彩。上面是一个世界，脚下，是另一个。

不容我发呆，众人已经把用白布包裹的姥姥放了下来。我和阿訇伸长了胳膊，小心翼翼地接过来，我左手扶着她的腰，右手举着她的头，缓缓放下洞穴。像捧着我刚出世的孩子，好像她的每一寸皮肤都柔弱得像婴儿，容不得一丝一毫的碰撞。如果她有感知，会知道这是她与我们告别的时刻吗？会害怕还是坦然？从光明退去暗处，不是昼夜的轮回，而是天人永隔，这一切，她都感觉得到吗？

生命的两端何其相似，我拥她入怀，像抱着襁褓里的孩子，并非送她去远方，而是轻轻放入生命轮回的轨道，不留痕迹，悄无声息。

我脚下踩着的并不是她最后的去处，在墓穴里还有一个侧挖的洞口，里面恰好只容得下姥姥一人。我和阿訇艰难地挪动着自己的身躯，将姥姥平放在里面。最后，郑重其事地，摘下她面部遮着的白布，露出姥姥小小的面容，头颅不是放正，而是转向洞口的一侧，像是跟这个世界最后的会面和告别。从前听闻形容逝者的表情多用"安详""平静"等词，彼时我才真正体会到，什么是人生终极的平静，也只有在此归真的时刻，灵与肉才得安宁。姥姥的表情，就是在她暖暖的卧室里最寻常不过的一个午觉时，写在脸上的放松。仿佛只要我呼唤一声，她就能迷迷瞪瞪睁开眼，与我说：怎么了？

我满身的泥土，满眼的泪水，从心底里不愿相信这是祖孙的诀别。可她再也睁不开眼了，涂满额前眉间，鼻头嘴角的鲜艳的藏红花瓣，都在设法让我相信，眼前的只是一具无奈的躯体，世间总有些告别,是永远。

人们不知从哪里找来大石块,接力传到我们的头顶,我们再接过来,用这一堆不规则的乱石,一点点封闭姥姥最后的住所。我能看到的她,越来越少,直到最后留下一张转向人世的脸,咣当一声,最后一块石头嵌了进去。这是我的生命里,看到她的最后一眼。

告别是何其艰难的一件事,这一天永生不忘,因为我不止埋葬了姥姥,也埋葬了自己的少年。

我吗？

"嘿！能把球给我们踢回来吗？"

一个破旧的足球正好滚到了我面前，我站住，看到一群孩子远远看着我。

"我吗？"

我指指自己，再看看球，我怕踢不好被他们嘲笑，于是绕开足球，低头默默走开。

我从来没有过那种天不怕地不怕的童年，没有过呼朋引伴、带着小家伙们淘气闹事的孩提时代，甚至一个足球飞过来，我的第一反应都不是一脚给它踢回去，而是能躲就躲。

小时候和发小安娜每天上学放学一起走，暗恋她的男孩在校门口抓住我的衣领，朝着我的要害就是一个膝盖。我毫无招架之力，应声倒地疼得满地打滚。即便这样，我的第一反应也绝不是给他一拳，或者朝他下面一膝盖还回去，都没有，事实上，整个童年到少年再到青年时期，一次架都没打过，一个拳头都没出过。真的，哪怕一个怒目相视，在我记忆中都找不到踪迹。

如果万不得已碰到我们和隔壁班有矛盾，两边放学约架，我碍于面子硬着头皮多少得参与参与。高中班里的好哥们儿韩志君，和我恰恰相反，他是班上最能打的那个，那些年学校门口贴红黑榜，我俩常年都在榜上，我红榜，他黑榜。他们都知道我没打过架，就赋予我一个神圣的责任：看包。如果那时你在实验中学门口看到一地书包,和一个焦急四处张望的人,那个人很有可能就是我。打完架哥儿几个风尘仆仆地回来了,拎起包我们再一道回家。

"这个问题谁来回答一下?"

这怕是我在学校里最恐惧的一句话,我生怕老师把我揪起来回答问题。我是知道答案的,我成绩不赖,仅仅是害怕站起来当众说话而已。所以当老师提出一个问题,我迅速汗毛竖立,生怕和她四目相对,从来不怕错,就是怕张嘴。

天知道我这张嘴未来还能让我混饭吃。

所以除了打架,在少年时代从没做过的另一件事便是:举手发言。

一次都没有。

我的父母,是经常出现在学校的那种父母。我常常会记恨他们,因为他们来,是为了教训那些欺负我的同学,这让我难堪。但更让人无法容忍的是,他们向老师提出的种种要求,比如要求老师强力纠正我的左撇子,一年级时的班主任负老师用了一年,我终于用起了右手;比如请求每一科的老师上课都要叫我起来发言,这就有点欺人太甚了。在当时的我看来,这不仅是直戳我痛点,更是揠苗助长。所有那些我不愿意做的事,他们想方设法,不达目的誓不罢休。

仅仅是因为乖,我从小就容易被选为班干部,以及毫无魄力的大队委。四十三小的活动多,每到操场集合,作为干部当然要在话筒前发言了。

我深深地记得第一次在周一早会上发言的场景，大队辅导员李华老师站在窗口举着话筒："下面请大队委尼格买提讲话，鼓掌！"我手上拿着稿子，怯生生走上前，感觉亿万人的目光全部对准我。我清晰地记得那浑身颤抖的感觉，嘴颤腿抖全身哆嗦，这些都没问题，最怕的就是：手抖。我眼看着我那不争气的手啊，抖得停不下来，且是我越盯着它看，它们就抖得越厉害，仿佛是跟我作对似的。我真希望此时来一阵大风，把我的稿子吹跑，吹得越远越好，最好一股脑全吹到天边，让全校师生都抬头看那篇讨厌的稿子，我好趁机溜到厕所去藏起来。谁都找不见我，这才是最好的。

这是我，我原本的样子，也是我更真实的童年。

人的一生，总离不开三个关键问题：我是谁？我从哪儿来？我要到哪儿去？

我今年三十七岁了，表面看着还年轻，实际已快迈入"不惑之年"，眼看就要走进被渲染得异常凶险、危机四伏的中年时期。人生至此，借由幸运，我越过了一个又一个坎儿，但对于上面三个问题，我还是满怀困惑。"幸运"终究是难以把握的东西，我不可能长久地依赖它。

因而，我想停下来，回望自己的过去。我想一边和大家分享我成长的故事，一边探寻上面的三个问题，至少我要先大概知道"我是谁""我从哪儿来"，才能稍微明白"我要到哪儿去"。

这本书的核心就是对"幸运"的思索，我想借着这个词在我身上的作用，试着去发现许多隐藏在人生表象背后的秘密，进而找到一把钥匙，它能让我更有自信和勇气去面对即将到来的，人生更多的狂风骤雨。

这本书也是我的自问：是我吗？尼格买提，一个被所有人都认为幸运的新疆小子，一个天资平平甚至有着致命缺陷的人，如何走到了今天，成为了现在的自己。我总习惯性地质疑自己，而与之相伴的，是以我父母为首的，所有旁人对我的期待，他们想当然地认为我是一个非凡的孩子，至少不会泯然众人。而我，从未觉得从过去到今天，所谓那些光环都来得理所当然。即便我不常流露人前，但每当有新的机会来临，新的平台展开，我问自己的第一个问题都是：我吗？为什么是我？

既然在这经历着疫情的特殊时期，让我有了能坐下来梳理成长的大把时间，那何不邀你和我一道，去看看我们共同经历过的时代、我们前后脚走过的少年之路，究竟引导我们成为什么样的人，又将带我们去怎样的未来。

那跟我走吧，回到那个开始的地方，去瞧一瞧我究竟是如何长大的，兴许你会更懂我，一个你在聚光灯下，在方寸荧屏间没有见过的我。

这个我，在经历一切馈赠和磨砺之后，在超前享用了多于常人的幸运之后，惶惶然地坚守在梦想中的舞台上，我还会是最初的那个……

我吗？

01 ‖ 制造一个幸运儿
GREW UP OVERNIGHT

关于家的秘密

试着把自己的脑海当做一个巨大的图书馆,朝前走,找到最深处的那个小书架,那里存放着我们最初的记忆。想一想你能回忆得起来的最早记忆是什么。我的,是在一个老旧的大院里,满是泥泞的一条小路两边,歪歪斜斜的两排平房。我们家是靠近大门,右边的一排小平房之一。后来问到爸妈,他们说那是我出生时我们住的老院子拆掉后,出版社要在原址上建起个新的家属院,作为过渡我们才暂住在近旁的一个塔塔尔人聚居的小院里。我的记忆就是从这里开始的。

借助老照片,我能回忆起那时我的样子,大大的脑袋,圆圆的脸,阳光下红棕色的头发,总是在笑。照片当中有很多和爸妈的合影,还有我的哥哥姐姐,有小姨,有奶奶。照片里有家庭成员的各种排列组合,有的是爸妈和我,有的是我和哥哥姐姐,几张夫妻二人,偶尔祖孙三代,每一张照片里都塞满了笑脸和属于那个年代的纯粹简单。几乎每张照片里都能看到那个红发的男孩,脸上洋溢着暖阳般的笑容。

我是一个会吹小号的钢琴手,
这些是我乐队的成员,爱我和我爱的家人。

我记事起就和我们这一大家子人在一起了，对这个家庭背后的故事，我其实一无所知。爸爸妈妈自然是夫妻，哥哥姐姐当然是先于我来到这个家庭，他们必然是我父母的孩子，他们也曾经像我一样，在他俩的庇荫下慢慢长大，然后有了我。我们家跟别人家一样，就是这么简简单单吧。这家里最晚一个光临的成员就是我，他们的故事我全然不知也是自然。我从来没去考虑过，为什么爸妈对我那么宠溺，把几乎所有的关注，都集中到了我身上？为什么哥哥姐姐们比我大那么多，为什么我的大哥长得并没有那么像爸爸，他为什么管爸叫"叔叔"；二哥和姐姐，为什么称呼妈妈为"阿姨"，他们之间极偶尔流露出来的生分，究竟是为什么？这些问题在我幼小的脑瓜里，从来都是一闪而过，冥冥中有察觉，但从没敢问出口。

而真实的世界却是：每一个家庭都有自己的故事，当你望向它的深处，就能看到它的秘密，无一例外。这种秘密不等同于单纯的创伤，它很复杂，包含着爱、接受、某一方或几方的妥协，也当然会包含着矛盾和疼痛。

过去我们总是引用托尔斯泰所言：幸福的家庭都是相似的，不幸的家庭各有各的不幸。如今难以简单粗暴地将家庭分为幸福与不幸，而最好是更模糊地称为寻常与不寻常：为了追求幸福，我们都曾经拼尽全力，过程都是万分辛苦的，所有的努力都是试图将生活中所有的"不寻常"矫正为"寻常"。

正因为"寻常"就是世人眼中的所谓"幸福"，矫正的过程，就是把日子过成常人眼中的样子。

每个有故事的家庭都渴望着时间的力量,祈望时间会抚平一切,让所有痛苦缄默,让倾斜最终平衡,只要保持耐心,曾经的"不理解",都会在某一天得到"化解"。

热先生与热小姐的遇见

爸爸出生在伊宁,妈妈出生在塔城,我出生在乌鲁木齐。160万平方公里我难以遍寻,但我知道向西再向西,家就在那里。它给了我生命以及与之相关的全部灵感。它是我的起跑线,也未尝不会是我人生的终点。

1978年之前,爸妈各自结束了第一段婚姻,一个带着儿子,一个带着一儿一女,在那一年,走到了一起。在讲述这个特殊家庭的故事之前,理应说说他们的爱情,毕竟他们的爱情像无数青年男女一样浪漫,而并非是仅仅为了让生活完整,而生凑到一起的。

故事从他们的相遇开始。

"队长来找你了!"姥姥冲着里屋喊。

那是1977年10月间,热小姐在家里忙着粉刷房屋,演出队队长瓦里斯径直走了进来,他拿着一张电影票叫着她的名字:

"热孜万,队里组织看电影,这次你怎么也得去了啊!"

热小姐犹豫再三,她不爱凑热闹,要不是队长口中的"组织"

二字,她是定不会答应的。他们这一代人,无论是对名词"组织",还是动词"组织",都怀着强烈的情怀与服从感。队长了解她,摸准了小热不敢违逆。

次日,热小姐下了班准时前往影院,电影开场前找到座位坐下了。她好奇地四下张望,却不见队里的姐妹们,连瓦队长都不见踪影。蹊跷间,只见一个莽撞的男子,摸黑钻进影厅,在工作人员的手电筒的帮助下,终于找到座号,在热小姐身边的空座"咣"地坐了下来。

一阵沉默。

不一会儿,男子竟把脸转向热小姐,像老熟人一样说起话来。热小姐没敢看他,但方才也依稀注意到了这个高个儿宽肩的男子,在手电筒的光照下,微微瞥见了他的英俊面庞。但这么自来熟,不禁让热小姐警觉起来。男子竟突然开始自我介绍:

"同志,我叫热合曼,在出版社工作。瓦里斯是我在中央戏剧学院的师兄。我知道你们在歌剧团上班,说到歌剧,我还真没看过,但我爱看书,比如今天这部电影吧,《钢铁是怎样炼成的》,原著,原著您看过吗?"

热小姐略觉尴尬,思量着这书确实没看过,但嘴上却说:"读过的。"

热先生看她还愿意聊,便话匣子大开:"这奥斯特洛夫斯基您知道的吧?他写的这本书啊……说起保尔·柯察金……还有冬妮亚……"从人物简介到心得体会说个没完没了,热小姐这才觉出问题,她突想起瓦队长曾经提起过的一个好兄弟,似乎就是这位热先生，顿觉这安排原是场局，一场相亲的局，原来自己是被骗来的。正好气着，电影结束场灯全亮，热小姐连细看看热先生的工夫都没有，便拣着个街坊夺路而逃。

第二天起，热先生就天天扶着自行车等在剧团门口，热小姐见他朴实憨厚，就算是允了。每天下班路上，走在热先生的身边，有时候安静得只听见自行车链条缓慢咬合的声音。不久之后，热小姐便去北京进修了，两人却没断了联系，书信往来依旧热络。热先生写信的时候，常常忘乎所以洋洋洒洒数十页，信封都快被信纸撑破了，热小姐则矜持一些，即便是想念热先生，也极其委婉，从不轻易流露。

热小姐那时住在东直门外，热先生在胜利路上，一个在北京，一个在乌鲁木齐。一年后，热先生特意寄去了一百元钱，叫热小姐结束进修回家前，置办些结婚的衣物和婚礼的糖果。热小姐回来便嫁给了热先生，热先生是我父亲，热小姐是我母亲。

我因那剧场，而来到这世界。

它叫团结剧场，几年前被拆除了。它是我来到这个世界的原因，却先我而去。那些维系乡情的记忆载体逐渐消失，人是而物非，这是这个世界快速发展的代价。

然而彼时无论是热先生还是热小姐，他们的生活里容不下任何一点闪失了，他们都曾因过去的选择付出代价，若说逝去的婚姻还有什么值得他们各自珍惜的，那有且只有：热先生的一双儿女，和热小姐的一个儿子了。

热小姐和热先生。

半个兄弟姐妹

我不像其他孩子懵懂地追问我从哪儿来,对一些常识还是多少有了解的。小时候我总问的问题是:

"你们1978年结婚,1983年我才出生,这五年你们在干什么?为什么让我等了那么久?"

感觉那五年的时间,我被彻底遗忘了,也不知道是谁提醒了他们,他们才想起来将我带到这个世界。

然而我不知道的是,在我出生前,家的拼图才刚刚完成过半。爸妈用了这五年的时间,把这个家稍稍安顿下来。当磨合告一段落之后,才松了口气,做好准备,迎接一个新生命的到来。

五年的时间,重组一个家庭。

很多人对于重组家庭的了解开始于电视剧《家有儿女》,如果两个人的结合是两小块拼图构建的拼接,那么重组家庭更像是两大幅只剩下半边的拼图画,要重新组合成一幅完整的作品。

你也许可以想象为了达到这个目的,他们要为彼此改变什么,要经历多么痛的磨合。他们无法放弃原本拼图里的构建,往往有时需要剧烈的碰撞,甚至把自己削成能契合对方的形状,每一个小小的拼图构建才能被迫适应对面那完全陌生的新伙伴,有时寄望于滴水石穿,有时却会迎来流星四溅,有时需要坚持,有时必须妥协,稍有不慎,零件散落一地,一切从零开始。电视剧里不会呈现那些阵痛的过程，生活的残酷在一出喜剧里当然是一笔带过，甚至从不着墨。但我看《家有儿女》时，满脑子的疑问：他们怎么跟儿女开的口？孩子们真的能接受一个陌生人吗？父母需要多大的心力才能让孩子由衷叫一声妈和爸？过了多少个日月，父母才能把对方的孩子，真的视如己出？

喜剧当然难以讨论这些，但生活永远是悲喜交加的真实故事，无数个难题常常接踵而至，彼此的关系也在融洽和刺痛中切换，敏感、脆弱、易碎，都是重组家庭的关键词。也许一生都等不来那一声爸妈，也许到老都会不经意地内外有别。这都是这样的家庭永远要面对的挑战，因为稍有不慎，拼图将再次支离破碎，但家就是这么玄妙的舞台，每天上演的无数真实情节，才让故事变得有趣，幸福才有了敲门的理由。

决定生下我，他们应该是经过深思熟虑的，那时夫妻两人都处在人生最好的年华，生活重新开启，过往的阴霾烟消云散，五年的时间让这个破碎重组的家庭渐渐步入正轨，三个孩子各得其所。无论是在出版社还是歌舞团里，夫妻二人都如鱼得水，逐渐成为了单位里的中坚力量，一个笔耕不辍，一个演出频频，他们在各自舞台上发挥光热。故事如果就这么发展下去，也未尝不可。大概也是段幸福美满的人生。只是即便这样一个大家庭，有时也总像少了点什么。

少了一块，其实就是那么一小块。

一块和两边的拼图都能吻合，用血缘将整个家庭维系在一起的零件。有了他,家庭里所有成员之间才能直接或间接产生联系,彼此不存在的血缘的线,才能被迫连接在一起。答案很显然,他们需要的是:

两人共同的孩子。

我可以体会爸妈做出这个决定的艰难。三个孩子都需要抚养,还恰逢兄妹仨将同时迎来可怕的青春期,个个叛逆不羁。除了要养活他们,还得顾着每个孩子的学习,付出大量物质和感情,还必须精心维护好平衡,日日关注孩子们彼此情感的培养、矛盾的处理。由于难堪其重,妈妈早在结婚之初就做出了牺牲,把大哥交给姥姥抚养,使得大哥自小就管姥姥叫妈,管妈叫姐。即便如此,母亲的职责,她也从未放下。

这个家庭的奇特之处就在于,我出生时,这已经是个几乎美满的家庭了,孩子们逐渐忘却了父母离异的困扰。

彼此了解,相互融合,渐渐有了点兄弟姐妹的样子了。大哥尼加提,家里发生急剧变化时,正值他敏感脆弱的青春期,我不知道他在彼时,是否因为在妈妈和姥姥家间的辗转,而在内心积聚阴影。一个孩子对家的归属感在他的成长中至关重要,当他要面对一些陌生的家庭成员时,宁愿和姥姥姥爷生活在一起,并从此将他们当做父母,把生母当做姐姐,这既是无奈,也是一种躲避。我知道他心里多少是有恨意的,随着年龄的增长,和自己为人夫为人父之后,很多心结才慢慢被化开。

哥哥身上很多方面都有妈妈的影子,他也最终选择了新闻事

看出我在家里的地位了吗？
表面众星捧月，背地里，你猜谁欺负我最多？

业,进入妈妈所在的新疆电视台工作,如今又和我同是总台职工,亲情的千丝万缕是斩不断的。大哥是个极其开朗幽默的人,虽然没有完全遗传妈妈的文艺细胞,但莫名其妙成了个开心果,家庭聚会里少不了他的段子,全家族都把他当个宝,连平常严肃的姥爷,看到他就高兴。因为他,家里多了不少笑声。

大哥年轻时是真的帅,弹着吉他唱着歌,总能吸引众多"蝴蝶"在他身边飞舞。所以照片里他总显得有些高冷,和现在舞台上偶像们不苟言笑的样子如出一辙。小时候我最爱听他唱一首歌,总让他边弹边唱,长大后才知道这首歌叫《你怎么舍得我难过》。

这是我学会的第一首流行歌曲,也是我最早关于爱情的认知。

姐姐卡米拉,和英国王储妃同名。她是我那孤独的童年里,最信赖的倾诉对象,姐姐现在偶尔会抱怨说:"你不像从前跟我那么亲了,记得你小时候,什么都跟我说,啥秘密都只跟我讲。"这事不假,哥哥们毕竟不像姐姐有女孩的细腻,有耐心听我在学校里的遭遇,甚至连我暗恋的第一个女同学,也只有她知道。她接纳了我一切的秘密,有时她比爸妈还要值得我信任。

突想起关于姐姐的一件小事:有一年寒假,作业没做完,被老师叫家长,我背着沉重的书包不敢回家,径直走去姐姐的单位,姐就这么被传唤到了学校挨了老师半天说,她哪里会想到毕业多年仍逃不开老师的训斥。姐倒也没生气,默默把我领回单位补作业,就这样我每天一早去她办公室"打卡",伏在她办公桌上写写玩玩,直到作业全写完,才被老师允许回学校上课。这事一直瞒着爸妈，成了我们众多秘密中的一个。

　　姐姐继承了爸爸的对文学的热情，大学毕业就在青少年出版社当起了编辑。那时候的她，扎起乌黑的马尾辫，穿着简单而洋气，相貌虽不算沉鱼落雁般惊艳，但绝对是公认的好看有气质，她相信我的审美，出门前总要问我今天好看吗？一个生日是情人节的女子，自然周身散发着充满爱的、自信洒脱的魅力。

　　二哥甫拉提，意为钢铁。在我出生前，他是最小的一个，调皮捣蛋的功力也让别的孩子难以望其项背。记忆中爸爸没少教训过二哥，二哥也没少教训过我。受了爸爸的气，家里唯一能发泄的对象就是我了，拍一拍，拧两下，都是家常便饭，虽然从没真下过狠手，但他一瞪眼睛我就魂飞魄散了。现在我长大了，腰杆儿硬了，但只要他一严肃一瞪眼，我多少还是会有些汗毛竖立。

　　偶尔姐弟俩也会联合起来对付我，姐至今都夸我讲义气，原是有一次我被欺负得号啕大哭，这时爸妈突然回家了，我居然迅速擦干眼泪，挤出笑容，爸妈看出不对来，问这是怎么了？我含着泪花："刚才……刚才不小心摔的。"我应该不是真的讲义气，可能就是单纯地怕哥哥而已。我们就是这么打打闹闹地在一起长大的。

　　哥哥虽然调皮，但却是个极重情重义的孩子，小时候无法接受爸爸的新家，就总在妈妈身上撒气，工作以后领了第一笔工资，去商场里给妈妈买了个最新款的皮包，记得很清楚，那天妈妈抱着皮包哭成了泪人……当初爸爸管不住他，就狠狠心把他交给部队去教育了。哥哥当兵那几年，一开始受不了那苦，哭着打电话让爸接他回去……逐渐地，寄来的照片里有了笑容，一个穿着围裙的炊事班班长，熟练地掂勺炒菜；床头齐整整的"豆腐块"，太阳下响当当的兵哥哥。

从熊孩到兵娃，从军人到警察，也算对得起他的名字了。

哥哥姐姐们都至少大我十几岁，当我逐渐长大，终有一天得知他们是父母各自的孩子。寻常家庭里的兄弟姐妹，可以出言不逊，可以无所顾忌。因为毕竟是血亲，打断了骨头还连着筋，打得再凶也有好的时候。

但我们不同，我喜欢英语里对这种关系的称谓："half brother"以及"half sister"，半个兄弟姐妹：一半靠血缘，一半靠精心地维护。小时候不懂，但我们越长大，越明白这种关系的维系来之不易。我们不能轻易对彼此大喊大叫，因为我们之间的关系既深厚，又脆弱。二哥和姐之间可以肆意吵闹，他们是亲姐弟，但他们对我，对大哥不得不有所保留。吵一架，也许就难有和好的时候；打一场，所有努力都将土崩瓦解。我们都明白，这一大家子，是付出过多少牺牲才有了今天的幸福。

随着我对这个家的探索逐渐深入，我愈发好奇在美满的背后，哥哥姐姐们都做过哪些牺牲。直到三十多岁之后，我才开始思考这个问题，设身处地地想象自己如果是他们，要如何在这个家里自处？在生父生母和继父继母间，该如何平衡取舍，如履薄冰。他们从未说与我听的青春里，又有多少酸楚。不经历他们的经历，没承受过他们的承受，我就没资格了解他们曾经的疼痛和焦虑。我这才突然懂得站在他们当时的立场，去理解他们的处境，

我们有时会忘了这个家庭的特殊,尤其是在一起"攀登"的时候。

所有的叛逆和不羁都能找到源头：一切来自两个家庭重新整合时的阵痛，来自恐被忽略和边缘化的种种不安。

难产

巧的是，热先生和热小姐，都是离异后带着孩子的一方，这一选择意味他们必然要承受更大的代价。组建新的家庭，开始新的生活，必须考虑孩子，让这些孩子身心健康、能明辨是非、价值观完整，谈何容易？在这错综复杂的关系中，寻找通往幸福的路径，牵着一个，背着一个，拉着一个，就这么艰难前行，行至一半，怀里，又有了我。

我像个本不该来到这个世界的孩子，出生时就连遭波折。

预产期已到，妈妈也如期有了反应住进了医院，但这孩子不知是不愿来到这艰难的人世，还是单纯因为头太大，而难以问世。爸妈后来回忆说难产了十天，辗转了两三家医院，听起来有点不可思议，事实是在二医院住院等了一周都没生出来，医院催着出院爸爸只好带妈妈回家。

走到延安路附近了妈妈突然开始有了反应。1983年的乌鲁木齐，狂风大作的四月中，夜幕低垂，妈早已疼得六神无主，爸艰难地扶着她亦步亦趋，就这么挪到了家附近的三医院，医生护士见状一拥而上直接抬进产房。那是4月14号，我还是没有出生。终于在三天之后，模仿一句常见的写法：一声啼哭，打破了产房的宁静。

难产十天，听起来难以想象，正常人早已命绝或者干脆剖腹了，但我也不愿求证这与事实有多大出入了，因为还有一件"祥瑞"等着验真伪。

"这孩子的眼睛，怎么瞪得这么大！"

护士把我抱进病房里，惊讶地说。

据爸妈回忆，我出生没多久，就"啪"地睁大了小眼睛，咕噜噜转着圈儿，仔细打量着周围，看看天，看看灯，看看墙，看看人，看着目力所及的一切，这举动把爸妈吓了一跳，爸妈的朋友们在一旁附和着："这孩子不得了，这是要睁眼看世界啊！"

父母对孩子有期待太正常，也容易把孩子自然的行为当做天赋异禀。

这还仅仅是开始，我这对中年得子的父母，在往后的人生里对我投入了太多的爱和关注，每一点风吹草动都钩着他们的神经。他们加紧打造一个特别的孩子，要担得起他们的期待，足够优秀到能弥补他们所有的人生缺憾，妄图举全家之力雕琢出一个惊世的作品。因为我刚出生，就睁大了眼睛，他们得对得起这般祥瑞。

如果时光能倒流，襁褓里的我宁愿闭着眼睛去享受片刻的宁静，不让他们徒增额外的希望，只盼此生能做个平平常常的孩子，过着普普通通的人生。我怕给他们期待，我怕被他们高估。如果能回到过去，我真的希望自己不要给他们任何非分的暗示，好让爸妈给我一个不被过分关注的童年。

事实上，我因一个不存在的理想主义，而成了一个既被宠溺，又被严管的孩子。

没有人认为我是他们的孩子

大多数人性格的养成是在童年，现在从事的工作和未来设定的理想，多少都和少年岁月脱不开干系。我们现在从事的工作，生活中的习以为常，或多或少都在基因里带着，骨子里藏着。而我小时候，别说是将来会否成为主持人了，连上课举手发言都是我妈难以实现的梦想。

我没有说话的基因，我从小恐惧人群，害怕说话。打小把自己封锁了个严实，胆小、怯懦，寡言少语，谨小慎微。

心理学家许会分析说这是儿童缺乏安全感的体现，可我成长的这个家庭，应该能够具备所有完美家庭所必要的元素：温饱、和睦、欢乐、琴瑟和鸣、夫唱妇随、兄友弟恭。在它组建之初经历了所有重组家庭难以避免的磨合之痛后，便顺风顺水了三十多年。

想象一下活在一个光芒四射的家庭里，父母对你寄予厚望，因为你带着这个家庭的基因，你生来就该开朗，你要会在众人前跳舞，你得随意上台就能来上一段脱口秀，你要成为社交圈的中心，你需要时刻获得旁人眼中的闪光。这是他们的日常，就像绚

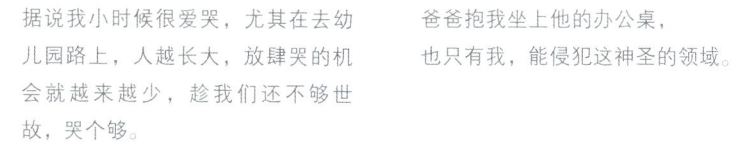

据说我小时候很爱哭，尤其在去幼儿园路上，人越长大，放肆哭的机会就越来越少，趁我们还不够世故，哭个够。

爸爸抱我坐上他的办公桌，也只有我，能侵犯这神圣的领域。

烂舞池里的王子与公主，舞会里当仁不让的男女主角。

我很不幸，因为活在这样的一对父母之羽翼下，虽然周遭也只有他们的羽翼下才显得安全，但他们越是活跃，我就藏得越深。如果童年有阴影，无外乎这个。

热先生和热小姐，他们的人生明亮耀眼，在我的记忆中有关爸妈的年轻时代，充斥着一种旋转的梦幻光影。我一抬头就能看见爸爸爽朗的下巴，他笑起来整个宴会厅都会被感染。从舞池边大人们腿间的缝隙里，我能看到妈妈轻快而热烈的踢踏舞步，她时常跳到席间邀请爸爸入场，爸爸此时总会心满意足地牵起她的手走进舞池。

他们宛若童话里的王子和公主，衣着没有那么光鲜华丽，但脸上洋溢的自信与满足，幸福和暖流，足可以和黑池的舞者们相匹敌。他们的舞步熟练，神情自然，那心照不宣的默契与情感，温柔地拂过旁人的脸颊，让他们被吸引、被温暖、被打动。热先生与热小姐，双脚轻快点地，旋转、起伏、流动，脚步所至仿佛能在人群中掀起狂澜。他们的眼神从未离开过彼此，惊艳四座，羡煞众人。音乐声响震耳欲聋，舞池当中人头攒动，却也难挡他俩天赐的激情如流光溢彩般，在人群中放肆地散射。

这个时候，我在哪里？在人群中，在角落里，甚至更准确地说，在尘埃里。我当时总会想，应该没有人会认为我是他们的孩子吧，因为理论上这个家庭的孩子应该是带着光芒来到世界，再毫无意外地从热夫妇的手中和脚尖，继承某一种激情澎湃的人生的。

但这孩子，可能吗？

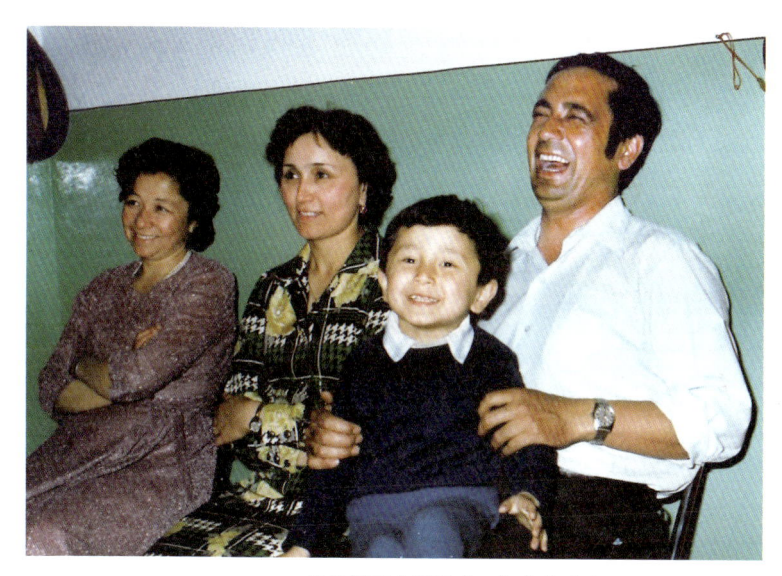

爸爸笑起来震天响,但我也乐意,
因为只有坐在他腿上,才能让别的大人看见我。

我当然很想骄傲地向全世界宣告，那王子和公主，就是我的父母，但谁会信呢？他们的孩子看起来是那么地不起眼，像个畏缩的小鸭子，艳羡地看着湖里的天鹅。

但显然，这孩子真的不像这个家里的。

所以你应该能够理解我的父亲母亲，他们在面对我时，面对我的每一分腼腆和娇弱时，心里的不解和不快，所以也不难理解，他们为什么拼了命地想要去改造这个孩子，让他和其他孩子一样，爱玩爱野，爱打爱闹，甚至满地打滚都可以，调皮捣蛋也不碍事。不愿看到他每天干干净净地出门，整整齐齐地回家。

去弄一身脏吧，妈妈每天洗衣服都心甘情愿；尽情踢球砸邻居家玻璃吧，赔多少钱他们都乐此不疲。

我与父母像是来自不同的星球，他们越发开朗，我就越发低落。常听说一些孩子因为比他们优秀的兄弟姐妹而自卑，而我，很奇怪，因为这样一对父母。

他们定是早早就发现了问题，便开始了长远的、艰难的，改造我的计划。

制造一个理想的孩子

首先是当时的一件稀罕物，电子琴。

我至今还清清楚楚地记得那台琴长什么样子，颜色质地，甚至连那黑色的帆布包都历历在目。那是一台浅金色的琴，被我用水彩笔在琴键上写下一个个音符。当它初来我家时,我兴奋极了,抱着电子琴就叮叮咚咚地一顿乱敲。殊不知这琴还有个附赠的产品——一位极其严厉的音乐老师。

　　那是个男老师,瘦瘦高高的,留着当时流行的成龙头,穿着黑色皮夹克,看起来不像是什么正经人。他带着我一点点学,被我的不配合伤透了脑筋。我可以有两万种为难他的方式,有八万个拒绝上课的理由,最终这老师敌不过我的非暴力不合作,从某一天起,不来了。

　　电子琴这事就这么被放弃了。之后我一度责怪我的父母,为什么当时不再坚持一下,哪怕学到点皮毛,我后来也不至于总在特长一栏里冥思苦想半天,勉为其难地写下"唱歌跳舞"这样无趣的答案。要知道对于新疆的孩子们来说,歌舞哪里是什么值得炫耀的特长,那简直就是与生俱来的本能,不值一提。再者说,如果我学琴能坚持下来,多少也能压制住后来的日子里,爸妈在培养我这件事情上,变本加厉的探索与尝试。

　　下一项挑战,是画画。孩子们,如果你读到了这里,就尽量少地在童年时期,展现出对某种艺术门类的兴趣吧,爸妈简直天生一副火眼金睛,生怕错过了孩子在某个领域里闪现出的所谓天赋。哪怕是突然有一天在爸爸的稿纸上信笔涂鸦,也绝不要被他们看见,不然,那就是他们抓住的一根根稻草,终有一天要把你压垮。

　　对,我确是在电子琴之后,在某一张可恨的纸上随便画了那么几笔。完了，他们仿佛看见了毕加索伦勃朗达芬奇，匆忙再苦苦寻到一位老师，让我每周日背着画板苦行几站地去老师家学画画。就像我清晰地记得那电子琴的嘴脸，我也忘不了那军绿色画板千斤的重量。

张杏雨老师是我们学校的美术老师，那时还不反对老师在家开小灶，那个年代还没有双休日一说，唯独能玩儿的星期天，我都要告别院儿里的小伙伴，步行前往团结路上，张老师的家里学画画。好在画画这件事情上，爸妈和老师还算没白费努力，强压出了那么一点成果。我画的几幅儿童画在自治区的绘画大赛拿过奖，中日儿童绘画比赛上获过名次，其中有一幅画还被送到华盛顿（对，是真的华盛顿）的世界儿童画展里展出。我对那幅画的记忆太深了，画的是在爸爸的老家伊宁，我们坐着大篷马车的场景，那是我在伊宁最美的回忆。现在去伊宁，我都要去喀赞其那边坐上马车颠一颠，找回一些童年的幸福。记忆这东西有多神奇，三十多岁了，只要右手一撑，一屁股稳稳地坐上去，儿时那份简单轻松的快乐就迅速占领心房。

那幅画就叫：大篷车。

英语课

还记得二十世纪八九十年代，刮起了一股学英语的热潮吗？新疆虽然地处关外，但在这件事情上也不掉队。爸妈的嗅觉极其灵敏，敏锐地觉察到了学习英语的重要性。他们并不觉得学外语有多难，毕竟在他们年轻的时候，说上一口流利的俄语是多时髦和轻松的一件事。但英语老师上哪去找呢？这难不倒他们，我们家在胜利路，正好挨着新疆最高学府，新疆大学。也不知道他们是怎么办到的，还真寻摸到了一个英语系的研究生，名叫艾萨特，维吾尔族。

他第一次来我们家就带着他们的英语教材。亲爱的朋友们，这就是我学英语的起点，拿到的第一本书就是大学教材。那本书叫做《英语精读》，近三十年过去，当我打出这四个字的时候，都不免汗毛竖立。这本书是我的童年噩梦，无数个午夜梦回，我能想起爸爸拿着书考我的样子，他当然不会英语，但中英文对照着，把单词当拼音来考我，对他来说也不是什么难事。

老师当然是因材施教，由浅入深，但他也敌不过我的万般不配合。爸妈在家还好说，一旦哪天上课的日子爸妈正好出去了，我就戏精附体，拉肚子感冒发烧手到擒来，演技一流。老师看我实在念不下去了也拿我没办法。发展到后来，我竟能在他敲门的时候，装作家里没人，从猫眼里看着他敲了半天之后悻悻地离开，我便长舒一口气，又躲过了一劫。

第二位老师叫热依罕，也是新疆大学的研究生，高高大大的，一头齐腰的长发，第一眼看到她，就觉大事不妙……

她像是个武林高人，对我所有的花招见怪不怪，对我的死穴拿捏得恰到好处，那些欺负过其他老师的办法，她也都能见招拆招。无奈，我只好跟着她好好学起英语来。

　　有一天上课的日子，她带着一个朋友来我家，这是我第一次见到一个活的外国人，皮肤白里透粉，鼻梁很高，脸窄窄的，上面满是白色绒毛，我也不知道为什么对她观察如此细微。她是位中年美国女士，在新疆大学当外教，我第一次听到她说话就被她深深吸引了，简直和电视上的外国人说话一模一样。她的名字叫Jane，后来成了家里的常客，爸妈的好朋友。她会时常带一些原版的外国儿童书籍来我家，说是借给我看。第一次触碰到外国孩子看的书，那精美的装帧、特殊的油墨香、生动的图画、浅显易懂的文字，深深地吸引了我。我可能是在认识了Jane之后才对英语有了一些兴趣，因为"英语"就活生生地站在我面前，仿佛告诉我，你学好了就能和他们交流说话，你将来也会碰到很多个Jane，无论你愿不愿意，你都应该学会他们的语言。

　　Jane每次来家里，都会带着小礼物，有时是本书，有时是她亲手做的香蕉蛋糕。我妈惊讶于香蕉也能做出蛋糕，和新疆的巴哈力很像，就是更软，更香甜。她还送了我一个礼物，就是我的第一个英文名：Nick。

　　之所以说是第一个，是因为在上了初中之后，我又见异思迁地有了另一个名字。

　　新疆大学彼时和美国俄克拉荷马州的一所院校常年合作，Jane就来自这所院校——OBU。OBU每年都会派遣一些老师和学生来新疆任教，每到暑假，也会开办面向中学生的英语暑期班，

Jane是我认识的第一个外国人，
借给我的那些书，她一本都没能拿回去。

这事，我当然躲不过。第一次去上课，百无聊赖地在班里等待老师，门开了，一个长相漂亮、笑容甜美的美国女孩走了进来，她叫 Jennifer，全然不像个老师的样子，我从没见过她对哪个学生生气，而且我兀自认为她在班里对我特别偏爱，像她这样性格的老师，怕是每个学生都会有这种感受吧。有一次，她抱着个小纸箱就来了，里面装满了小纸条，她让我们从里面抽，抽到什么名字，以后你就叫这个了。我也没告诉她我其实已经叫 Nick 了，恐怕多少期待着能从里面抽到个什么别的新名字。打开纸条，上面写着 Ethan，她微笑地看着我说："看看背后。"我翻过去，看到了这个名字的注释：Strong and firm。意思大概是：强有力，坚强，强大而坚定……这名儿简直跟我八竿子打不着，甚至有那些讽刺的意味，但我接受了这个新名字，权当它是对我的鼓励吧。我当时心想，也许有一天，我能对得起它。

感谢我坐在电脑前写下这些文字的日夜，让我记忆的图书馆里尘封的那些文件，一一露出真容。那些我仿佛已经忘记的名字和面孔，竟然在此刻历历在目。后来的一位华裔老师 Anna，眯着眼睛对着我笑的样子；再后来稍微长大了一点，竟学会了和同学逃课，一个暑假一堂都没去过，把学费退出来欢乐了一个夏天……这些黑历史，脑海中，全部记录在案。若不是这些老师不懈地在我内心的耕耘，就不会有一个叫做"语感"的精灵在我脑瓜里的成长。如今遇到一些外国嘉宾时脱口而出的英语，也源于那些年月里这些大人们的坚持。

语感有时比单词语法还要重要，比起死记硬背，语感能让你对某一种语言培养出类似母语的表达能力。这种感觉很微妙，它在你的大脑里搭建起的不是成堆的字母，而是一种思维方式。如果说单词量是一座水库，那么语感就像一条河流，它是蜿蜒的，是活的，是通的，是能从江河流向大海的。一旦在心中汇入这样的一条大河，那些晦涩的单词就显得不那么要紧了，水过之处，自然有涓涓细流汇入其中，再努把力，修起一座座水库大坝，就没那么困难了。

　　成就感来自你舒服地说出一句完整的话语，哪怕用词不那么准确，语法稍有生疏，只要你心里有了一种流动，一种顺畅感，它便能成为你继续学习的动力来源。我挺感谢爸妈认准了这件事，想方设法让我学习锻炼，甚至连全家去南山游玩，他们也都会转动双眼观察四下有没有外国人的身影，一旦发现了目标，就假装自然地靠近他们，推我上去和他们说话聊天。一方面让我练口语，一方面磨练我的脸皮，让我有胆量和陌生人说话。虽然我永远就是那几句：

　　Hi,where are you from?

　　Do you speak English?

　　Sorry I don't understand.

　　Thank you, bye bye……

　　但多多少少，能说一点算一点。完全不会英语的我爸妈，想方设法为我创造语言环境，其用心良苦，现在想来都感念至深。

　　到了初中，我所在的班级是十六中英语重点班，过去只听过奥数班、语文重点班，但这英语作为重中之重，还请英语老师做班主任,确实比较罕见。班主任许欣是位风风火火的老师,每当班里众生喧哗目无朝纲之际,她总是从后门迈着快而坚定的步伐走至讲台,一屁股半坐在第一排课桌上:"I WANT TO SAY SOMETHING!"字字掷地有声,吓得我们各个坐得笔直。但许老师的严厉让我们班的每个人受益匪浅,我们在英语上出类拔萃,在其他科目也领跑全年级。

现在回想起来,许老师超前让我们学习的高难度教材,那一个个被占用的叫苦不迭的周六,每天早上雷打不动的英语早自习,上英语课时只许张嘴说英语的班规,着实颇有成效,多年后的今天,回想起这一张张面孔,满心的感激。总得有一方要和孩子的懈怠作斗争吧,回过头来,你记住的都是他们的好。

低声部

在外语教育远未普及的那些年,这点皮毛居然派上了一点点用场。1994年我们随团去上海,参加国际少年儿童艺术节的时候,全团上下就我一人能甩出一些日常用语,最简单的交流不成问题。团长郭志强老师在和外国团队交流时,总把我推到人前,略微显摆显摆:我们新疆来的孩子也是很国际化的。

差点忘了介绍了,彼时我已经是新疆小白杨艺术团的一员。

团长郭志强老师是妈妈在新疆歌剧团时的老同事了,当时他担任乐团指挥。妈妈1984年调去电视台后,和这些歌剧舞台上的老相识们偶有来往，那份贫寒岁月里的艺术激情之火从未在这些老歌剧人心里熄灭过。她听闻郭老师在歌剧团的大院儿里要了个场地，招兵买马建立起了新疆第一个少儿艺术团体——小白杨艺术团，就再也按捺不住继续揠苗助长的冲动，联系了郭团长，开了一扇门，把我塞进了团里。小白杨艺术团分合唱团和舞蹈队，我感谢妈妈选择了合唱团，学舞之苦我可是在身边那些舞者身上亲眼目睹过的。

第一天去合唱团报到，我就吓得不轻，团长亲自上课，妈妈带着我到了一间偌大的教室门口，我怯生生地在所有孩子们的上下打量中走了进去，团长叫我上前，示意我妈她可以回去了。他叫我唱了几个音，高音低音，再让我哼唱了几句歌。犹豫再三，许是觉得我天赋并不那么理想，反正高的也唱不上去，就让我坐在面向黑板左边的区域的座位里。

我们人手一张歌片儿，我记忆中清楚得不得了，我学的第一首歌便是《半个月亮爬上来》，奇怪的是，身边的哥哥姐姐们怎么唱得奇奇怪怪的，这也不好听啊。这歌我听过，不这么唱。我身边一个黄头发的小姐姐巴荷扎提看出我是个小白，她告诉我，这里是低声部，就得这么唱，跟高声部和在一起，就好听了。

人的大脑之奇妙，就在于我长大后从未再唱过这首歌的低声部，但我写到这里的时候，仿佛某一个陈旧的抽屉被打开，音符就在舌尖跳动起来。顺着记忆的藤蔓一点点地搜寻，居然就能将脑海中的记忆碎片一一找到：

1993年在延安路的新疆歌剧团，大铁门进去沿着右边小路走到底，一栋二层小楼里，走上二楼推开一间教室的门，一把把刷着棕色油漆的长条椅上，三人一排的孩子们认真地唱着一首《半个月亮爬上来》，而左边低声部里一个垂着头的小男孩，声音极其微小，生怕别人听出来他压根没学会怎么唱。而几十年后的现在，我张开嘴，居然能顺着唱下去："半个月亮爬上……"这半句，每个字都像是同一个音儿，最后一个"来"又掉下去，"依拉拉，爬上来"，如果这里有个二维码，我真想让你扫一扫，扫出一段我唱出的音频，你就会知道我上课的第一天是何等抑郁的心情。

现在当我偶尔去录音棚里录首歌，音乐老师说起如果你能唱出低声部，和着原调会非常好听时，当我看到节目里的专业歌手一高一低地唱出极其动人的和声时，当我有一天真正领会到一首歌曲之所以好听，是因为有不同的声部托着它，才释放出层次丰富绚丽迷人的乐音时，我才知道教室左边的那一拨人，不是因为唱不了、唱不好，而是被赋予了一项特别的使命——成为蒙娜丽莎嘴角的阴影，挑起她最美的笑容。

没有明暗的对比，那些旷世之作就会变成简易的线条，无论是音乐还是绘画，歌剧还是电影，都因高低起伏明暗冲突而动人心弦。

但凡我当时稍有觉悟，能把低声部拿下来，如今再和央视boys登台唱歌，当我唱出《岳阳楼记》的和声，是不是能让哥儿几个刮个目再好好瞧瞧我？

不提也罢。

还有件事算是郭团长无心插柳,为我开了个小窗户。

平常滥竽充数也就罢了,每到老师考我们视唱练耳,我就瞎了,聋了,哑了。每个人单独上去考,我看着黑板上的音符,听着钢琴的琴音,总是面部一脸懵,脑子一锅粥。可能是碍于老同事的面子,团长也没开了我,正好团里没有报幕员,团长说:"要不,你就报幕吧。"

这大概就是我主持人"生涯"的起点了。

任命不久,我们团就接到邀请,去上海参加国际少儿艺术节。合唱团员、舞蹈队员、演奏员、报幕员自然得配置齐全,我简直就是生逢其时,跟着去上海的团队,开始备战了。

机会难得,每个人都得一专多能,报幕员也不能只报报幕那么简单,老师让我和团里一个小童星玉素甫江合唱他的成名曲——《小巴郎》。白天一句句学唱,晚上又去舞蹈团的驻地人民剧场,和舞蹈演员们练习歌曲的舞步,就这么磨了个把月,带着我们对上海这座城市的向往,拉着统一设计的拉杆箱,身着统一的民族服装,第一次走出家乡,踏上了去上海的漫长旅程。

也不知是记忆出现偏差,还是真的那么遥远,从乌鲁木齐去上海,要坐五天六夜的绿皮车。简直就是在火车上生活近一周的时间。舞蹈队的小姐姐们很淘气,每当我要爬到上铺去时,她们就发起突然袭击,从后面抓着我的小短裤,唰的一下就扒下来了。我坐在铺上哇哇哭,麦莱妮莎老师闻声跑过来,把她们教训一顿。人一走,她们便憋不住嘻嘻哈哈地笑我一通。但对我好的时候,她们也毫不含糊,瓶瓶罐罐里从新疆带的肉丁咸菜,一个个香喷喷的馕也从来没少了我的。

总算是熬过了这几天,我们到了上海。随着我们一步步走出火车站,一座绚丽缤纷的现代都市展现在眼前,我看着眼前的繁华,不由"哇"的一声叫了出来,年龄最大的一个小姐姐用胳膊肘杵杵我:"不许叫,别跟乡巴佬似的,丢人。"我连忙收声闭嘴,但上海这座城市,从我第一眼看到她起,就让我心醉神迷。

我第一次体验水土不服也是在上海,到的当天就上吐下泻,连着几天顿顿白粥,小伙伴们成天美味佳肴吃香喝辣,让我羡慕不已。好在演出没耽误,那段时间,我们不是上台演,就是在台下看。那年是首届上海国际少年儿童文化艺术节,据说举办至今,算上今年已经八届了。世界各国的孩子们齐聚上海,不只是演出,参观、聚餐、交流,都在一起。我们认识了很多外国小朋友,虽然身在上海,却仿佛看到了整个世界,如同完成了一次环球旅行一般。那些素昧平生的面孔,那些概率极低的相遇,让我的内心变得开阔。

还记得当时和我们接触最多的是夏威夷的一个儿童艺术团体,模模糊糊地记得有个蜜糖色皮肤的夏威夷女孩,也模模糊糊记得我挺喜欢她,想方设法跟她聊天,但也无外乎那几句而已。

Hi,where are you from?

Do you speak English?

Sorry I don't understand.

Thank you, bye bye……

时过境迁,不知道那些孩子们的脑海里,还有没有和我一样

演出回来房间里摆了个大蛋糕，我们高兴极了，上海的蛋糕真好吃，脸上的那些，也没浪费。

模糊的丁点记忆，如果有，那简直美好至极。

罢了，要是这么细聊下去，怕是一本书都讲不完我的童年。这些笔墨就是想分享，父母是如何用尽全力为我拧开一个个门把手，推我进去看看不同的世界。虽然每一扇门都只踏进去一小步，但积累起来，总算是让我那孤僻的小世界通了通风。

我被怂恿着推上去的每一方舞台，都让我的后背挺一些，再挺一些。每一次的尝试过后，我都多多少少自信了那么一点点，敢看别人的眼睛了，敢张嘴说话了，敢打开歌喉唱两句了，敢伸伸胳膊腿跳一段了。回到新疆，我决定多学学不同的舞种，不要总被贴上"只会新疆舞"的标签。我攒着一点零花钱，去延安路那一排商铺中卖录像带的店里，挑了半天买了盒Michael Jackson的录像带，拿回家和表哥反复琢磨反复练习，学了一段不着四六的舞步。

我和表哥几乎同时出生，我妈和他妈，姐妹俩同时在姥姥家坐月子，连娃娃的尿布都抢对方的用（那时可没有尿不湿，尿布是重复利用的宝贵资源），姥姥没少为这些鸡毛蒜皮的事儿操心累心。但互相用过对方尿布的感情，注定了情深似海，一生不改，姑且称之"尿布之交"吧。

我俩既是亲人，也是朋友，他疯狂迷恋Michael，我也跟着他一起学，跳到"送胯"的动作时，我总觉得不好意思，可他不管，跳得如痴如醉。有他在，我才敢在亲戚婚礼上跳给大家看。叔叔阿姨们把我们围了一圈儿，欢呼喝彩鼓掌，我忘情地跳着Michael的舞步，仿佛那不是一场婚礼，而是我们自己的舞蹈秀现场，那一瞬间，爸妈也许正在人群中为我鼓掌，他们兴许感慨着，嗯，这才是咱俩的孩子，没白忙活。

而我，开始享受起这种快乐，聚光灯下，人群之中，自己发电，努力发光。我也大约感受得到爸妈的感受：为自己创造舞台，人们会自动为你空出场地，这个瞬间，在这个世界里，只有你。

享受它。

和不完美的自己和解

但我有时，分明感受得到，小时候那个怯生生的，极其内向的孩子，他并不是彻底消失了，而是被人为地压缩，揣到了内心深处的某个褶皱里。不然他怎么常常就会在一些关键时刻冒出尖儿来，提醒我，他才是我的本心。而舞台上的那个主持人，是后来按照大人们的意愿捏出来的而已，他可以肆意挥洒热情，他可以偶尔引吭高歌，他也可能总是面带笑容，但心里真正支配着他的，依然是小时候的那个自己。至今所有不自信，略自卑，掩饰不住脆弱的时候，都是他在心内作祟。

如小撒这样的人，他的热烈是由衷的，是骨子里的，他只需要拿出半分，就足以驾驭整个舞台。就算我不全然了解他，也大概能知道他从小就是这出挑的性格，是带着小伙伴闹事的孩子王，学校里抢着上讲台的小话痨，他天然就是外向型人格，不做律师就做主持人，当然他也有疲惫和低落的时候，但随时满血复活，血液里就是绽放的、打开的、爆发的基因。

坦白说，遇到这样性格的人，我天生畏惧，和他站在一起，我心里的那个"本我"就被激活了，整个人向里塌缩，不知所措。

连续几年一起录制的科普类节目《加油向未来》，对我是个考验。我指的不是动不动被按在水里、吊到空中、接上电线、挂上风车，也不是时不常被现场几十号科学小天才碾压智商，这些其实都不是事，也不足以让我紧张慌神。考验来自于和强者站在一起，我得使出比平时大得多的劲儿，才能立在那儿。遑论正常主持，仅仅是站在那儿张嘴说几句话，就得突破不小的心理障碍。这绝不是妄自菲薄，我只是陈述这样一个事实，那就是即便我从事主持人的工作十几年，依然时常在跟自己的自卑感作斗争。

每当新一季的录制开始，我便又质问自己为什么又答应来这个节目。

我跟身边的伙伴们说，下一季如果再找我，你们一定要帮我记住今天说的话：

"不去。"

他们淡淡地说："去年你也是这么说的。"

天旋地转。

还记得去年大概这个时候，刚经历了两三期的折磨，新一期录到一半时我会悄悄问自己，你怎么了，你倒是说话啊，这不是你，你可以很幽默，你可以有见地，你可以顺畅表达。但现实是，我像是被什么力量扼住喉咙，只会在一边傻笑。于是我反复使用老梗，使劲找各种点，但往往你的使劲儿会显而易见，你的努力

又一次被迫完成了危险实验后，"新仇旧恨"涌上心头。说不过他，只好拳脚相加。

会显得刻意。我想这是专属于我的一种心理障碍，姑且叫它"巨人恐惧症"吧。

简而言之，就是在自己的舒适区里如鱼得水，但遇见强大的伙伴就立刻手足无措。

无药可治，除非将自己投入火狱里锤炼。

这一季既然接了，既然开始了，那就竭尽全力。

直到第二期录完，我才稍稍找到了一点自己适合做的事情。

小撒很锋利，那我就保持柔软；他激发选手的斗志，那我便抚慰他们的痛处；他大步流星向前冲，我闲庭信步垫个背；我卸下负累丢开顾虑，不在意，也许能做得比过去好得多。

以前听陶喆的那首歌，《找自己》，从未想过这原来是人生最重要的命题之一。

很多人终其一生，都在寻找，找自己，找位置。但自己究竟是谁？我们的位置在哪里？原来答案并不指向唯一。

我们在生命不同的时期，职业的各个阶段，都在面对不同的人。面对巨人，面对大众，面对强者，面对弱势……我们都是不同的人，不将自己约束在同一个形状的模具里，才是我们应该努力的方向。

位置不是别人给你的，而是需要自己去找到并安置的。他们确会给你一个初始位置或说起点，但将这把椅子搬到舞台的哪里，是中心？是侧幕条？是后台？还是观众席里？全靠我自己。找到了，哪怕在不起眼的角落，也能自己发光。

朱军哥曾跟我说："不必在意舞台上的位置，如果你足够好，你在哪里，哪里就是舞台的中心。"

过去我曾认为这句话的意思是，所有目光和关注都因你的强大而随你的移动而转移。但我现在觉得这句话更深的意味在于：没有谁是中心，运用适合自己的方式方法，在自己擅长的领域，在最恰当的时间和地点，你就是舞台本身，你就是自己的中心。也许你自身并没有多么大的光彩，但你知道自己最恰当的位置，观众就能看到你，记住你，甚至认可你的工作。

我心安处，便是舞台。

我逼着自己去享受这一过程，不断告诉自己，只有和他们并肩，你才能真正成长。有时候自信是要像气球一样吹起来的，不吹起来没办法，你正和他们站在同样的平台上，你得对得起旁人的期待。随着成长，随着经历，再不断地往气球里填东西，有一天，它就能殷殷实实地立在那儿，即便气球被扎破，也不会塌缩。我猜成长是有声音的，就像竹子，在万籁俱寂的夜里，它也许真的能听到自己细胞分裂的声音，那种声音很美妙，不知道你有否听到过自己的。

我也逐渐明白了，与其和那个不完美的自己作斗争，不如适时地接受他，与之和解。接纳和拥抱，不去刻意掩盖它的存在。软弱和敏感，应该不是什么缺陷，它是你内心温柔的那一面，它就像一张弹簧床垫，让所有的沉重得以软着陆，让那些尖锐和晦涩被一一柔化。留心观察身边的那些强者，感受他们是如何带着脆弱一步步坚定起来的。每个人都有内心不愿面对的软弱和不堪，真正的强大，是了解自我，敢于正视，与之相处，并肩前行。

有梦别说出来

小时候想做的事太多了,不像现在,如果有人问我,你不做主持人了会做什么?实话实说,这问题不是完全没有考虑过,常常问自己,若有一天这个舞台不再需要我了,咱还能干点什么?心里琢磨一番,比照成本,计算风险,估计会去开个餐厅吧,但多久能回本?那就经营一家咖啡馆,但利润是不是太低?什么金融投资就别想了,知道自己不是那块料。写书码字,就我这水平,这病入膏肓的拖延症,长江的金社长都被我拖得没脾气了……

绞尽脑汁,居然连一个哪怕不太靠谱的梦想都说不出。

小时候做过的那些梦呢?那些面对这个问题时,眼睛发着光,脱口而出的答案呢?每一个孩子都有成堆的梦想——科学家、宇航员,医生警察售票员……每一个职业都是孩子心中的英雄,每一个职业你都有充足的理由去拥抱它。长大之后,我们不是应该拥有了更多的超能力、圆梦的机会和条件,更应该敢于做梦不是吗?怎么人一长大,反而没有童年时那么敢想了呢?

一直都记得录制第一期《你好生活》时,在天台上关于《小王子》的对话:小时候那些简单的问题,长大之后为什么复杂了?一些单纯的认知明明充满美好的想象力,但多年以后,却变得世故而迂回。

那么你,还记得年少时的梦吗?

我做的第一个梦应该是前文所说的音乐家，然后我就陷入了电子琴万劫不复的牢笼。后来想成为画家，代价是我荒废了休息日背上了沉重的画板。妈妈爱美，喜欢穿漂亮衣服，总找裁缝去做，我用我儿童画的功底给她设计了几件衣服，她当真拿到裁缝那儿，做出来有新意又时尚，妈妈到处夸海口说我将来能成设计师。

我是真敢想，他们是敢帮我圆梦。

就这点来说，我很幸福了，但毕竟追梦的代价有点大，我不大敢说了，全写进日记里。

日记写多了，居然做起小说家的梦来，我写的文章当然被嗅觉灵敏的父母发现，我隐隐感觉又一出戏即将上演。我的爸妈堪称两位戏精，许是当过演员的缘故，尤其是妈妈，特别善于放大情绪。

听我弹出第一个音符，她哭了；看我画的画拿了奖，她哭了；我去上海参加艺术节送我到车站，她哭了；我和老外用英语聊了几句，她远远看着，又哭了。

捧着我写的作文，她又泪流满面，接着给爸看，家里来客人了唤我出来念给他们听，我猜我们家客人的内心活动是："不是头两年就展示展示画作吗？来两句英文我们也忍了，但让我们坐这儿不动，听二十分钟作文，有没有考虑过我们的感受？"

因为"圆"了太多梦，其中几个有幸中标，有了点成果。从上海回来后再没消停，又是北京又是云南，录节目、少代会、艺术节、大小舞台、电视广播，唱歌跳舞朗诵报幕，有那么几年好像就没闲下来过。厉害的是，爸妈也完全没让我的学习受到影响。逐渐地，我这履历就越来越长，慢慢被神化了，我这被制造出来的"神童"，在十一二岁时，已经声名在外。

那段时间，经常有电视台记者来我家采访，而我也竟真好意思接受采访。明明就是个被父母逼着学东学西的普通小孩，彼时却像滚雪球似的，不断被附加技能，让外人误以为这孩子真的已经优秀到无以复加的地步。但到底有多少真本事，我心里还是很清楚，幸而没有飘飘然。

那时候的专题片采访风格我想电视看多了你也清楚，基本一个套路：记者进门拍两次，一次门外，一次门里，敲门开门欢迎欢迎，完全不去担心观众是否奇怪怎么有个摄影师在家里。再摆拍几个我画画的、写作业的、大声朗读英文书的画面，再到院儿里拍几个我背着书包去上学的背影，爸妈在旁辅导的身影，再把哥哥姐姐叫来，一家人乐乐呵呵地唱歌跳舞，欢聚一堂。导演看到墙上挂着一把都塔尔（维吾尔族传统乐器），说谁能弹一段？我们家没一个会弹的，导演说没事，就比划比划。我爸便拿着都塔尔，装模作样地假装弹了弹，好在那段儿插了背景音乐，弹棉花的声音，观众听不见。连续几个采访都这样，我们一家子演员倒也演得不亦乐乎。

再长大了一些，又有一次采访，导演让我在画板上写下梦想。我不知哪里来的火花，居然赫然写下七个大字：

"我想当个外交官。"

又是一个新的梦想。

那一年，突然在电视里看到外交部的新闻发布会，我被其中一个人，严格地说是被一个职业深深吸引了：外交部新闻发言人。我难以理解当时的心情，这个职业的什么吸引了年少的我？它和我此时这报幕员的工作又有几分共通？站在台上，面对人群，口若悬河，对答如流。还比报幕员的工作似乎看起来更"高级"一些，有了这个梦想，是不是还能督促我更努力地学好英语？发言人也是外交官，把环游世界变成工作，还有比这更逍遥的事吗？我对外交部发言人的认识，就到这里了，那个年龄，无法再深入。

那条采访的片子播出时，把我手写的那行字当做了标题。那几个字一个个蹦出来，就像我心里又一个新的梦想，发出了芽。

父母债，还不尽

啊，那是一个遥远的，不可企及的梦想。一个不知天高地厚的小子，竟做起这个梦来。这个梦的路径和落脚点，我彼时并不知道，其实是个完全不可企及的学府：

外交学院。

在此之前，我从未听说过外交学院，它对我比北京广播学院还要陌生。当这个名字进入我的世界，以当时粗浅的理解，想要成为一名外交官，以及外交部新闻发言人，必须得是外交学院毕业，那是唯一通路。就如同过去会有人认为，播音员主持人都得是广院毕业生，对口学府是最起码的门票，凭票入场。

如果时间能倒流，我一定会把这个不切实际的梦想装进心里，绝不拿出来，尤其不让爸妈看见。一旦他们知悉，其后果不堪设想，现实中，也确实如此。

自从我有了考外交学院的想法，爸妈庞大的动力系统开始轰隆隆运转起来。多方打听，翻查资料，追根溯源，了解分数线、历年招生情况、就业方向和职业发展。直到他们最终摸到一道铜墙铁壁，以他们的行动力，也无法打破的一扇大门：

外交学院已经几年都没在新疆招生了。

没有名额，成绩再好梦想再坚定都没有用，但我妈不信这个邪，她的强迫症驱使着她，以她到了最后一刻也不会放弃的性格，我意识到，这事儿大了。

她先是四下打听，得知如果想要外交学院在新疆招生，得让北京的相关部门批准，明确需要"定向培养外交系统人才"。没人会帮妈妈给教育部打电话，教育部为了一个孩子特开大门想来也是天方夜谭。三千多公里路，去了北京也极有可能徒劳无功。可我那执着的妈啊，凭着"为母则刚"的信条，已经加满了油，充足了电。

我正值高三上半学期，学业繁重。加之我和爸爸已经根本无法阻挡她的脚步了，既然没有门路，那就自己踩出一条路来，她就像上了发条一般，谁拦着她她就和谁拼命。

遗传是一件神奇的事情，有时候我的倔脾气一上来，不达目的誓不罢休的时候,当一件事情的走向和结果偏离预期时,现实和计划哪怕有一点落差时,当我懊恼和沮丧,不甘并坚持时,我都会想起妈妈。我完好无损地遗传了她的"强迫症"。

《你好生活》里有一期,我们为了完成一项任务,精疲力竭,寻找无果。当时有位嘉宾说:"人生中总要有点遗憾吧。"我说:"拼尽全力之后的遗憾,才是真正的遗憾。"这句话不是鸡汤,就算是,也是我妈为我熬的汤,它的养分已经渗入我骨髓。但这样的性格也有弊端,就是容易往死胡同里钻,甚至逼入绝境。简单说:

活得太累。

跟朋友们一起去旅行,我往往是最累的那个。出发前选航班酒店就能让自己先累趴下了,什么机型,哪年的飞机,座位是232还是343,酒店位置,房间朝向,步行可达设施……到了目的地我一手捧着旅行书一手拿着手机查餐厅,为确保每一个朋友都满意,我宁愿先于他们一路小跑到餐厅里,实地分析确认了,才跑回去告诉大家,午餐就在这儿了。有人觉得这种人是好张罗,有点控制欲,更多人告诉我,有时候随遇而安、顺其自然才是最好的选择,可能你拼命找的一家餐厅,还不如我们随便撞进去的有意思,生活中处处是惊喜,难道不好吗?我对这个观点不能同意更多,但回到现实,我还是难以控制地,计划、部署、执行、坚持,不顾劝阻,一直到底。

妈真是我亲妈,怀揣一堆我的资料文件,直奔北京。

我在北京快二十年,至今不知道教育部在哪,门朝哪开。我妈一去就找到了，还径直走了进去，敲开了那一扇扇看似不可能的大门，那些可能我连喊八遍"开门大吉"都打不开的门。教育部的工作人员很为难，知道她从新疆赶来不容易，但他们也没办法，外交学院是外交部直属院校，这事儿得外交部同意并提出需求，确实可以在新疆招收学生，以满足外交事业的人才储备，教育部才能给出指标。

你想得没错，咱妈这会儿已经在去外交部的公交车上了，毫不犹豫，无人可挡。

到了外交部，当时还年富力强的母亲，也不知道怎么就进了大门，上了楼，层层询问，级级上报，终于见到了她能见到的最大的领导（当然不是外交部部长了，妈也没这通天之能），晓之以理，动之以情，最后的结果是：

没有结果。

妈妈在北京住姨妈家里，那是妈妈的亲妹妹。姨妈住在中国歌舞团的宿舍，房间不大，加上表哥三个人挤在一间屋子，但那也是只身在北京的妈妈，最大的安慰。好在有妹妹在北京，我妈每日白天满北京城地跑，晚上总有个像样的家能回，若是住在旅店宾馆里，那种孤独无助难以想象。

每一个精神抖擞的出门，都注定一个垂头丧气的回家。姨妈实在看不下去了，说你已经努力过了，不行咱就放弃，何必这么为难自己？为此她俩还吵了一架，后来表哥告诉我的，妈妈生气地摔门而出，表哥出去找了半天，终于在家不远的马路边寻着我妈，她正坐在路边一个什么角落里，号啕大哭。我脑补了一下表哥找到她时的画面，我想不下去，不敢想，那个永远开朗热情的妈，现在被挫败感注满全身。

这画面我虽未亲眼见到，但它被浓重地描画在我脑海里。我想让自己深深记住，这世界上能够不惜一切代价，成全你的人，只有他们；毫无保留不求回报地为你奔走的人，只有他们。少不更事的我，随口的一个梦想，也许当时是认真的，但父母永远比我认真万千倍，他们了解外交吗？对美术外语又懂得多少？他们当真洞察了某一个领域里你的发展前途，所以才不遗余力？不啊，全然是为了我，我们，你，你们，这些任性的孩子，从我们出生的那一天起，他们的生命坐标就发生了偏转，每对父母程度不同，但大都从你的生日起——

余生为你。

我为说出那个不成熟的想法（远谈不上梦想），而深深自责和懊悔。所以你知道我多想让他们变成一对儿讨债的，把给我的那些成倍奉还，我想给他们一座花园，带他们环游地球，去那些他们在电影里看到的世界，去时代广场，去悉尼歌剧院，去京都拍初春的樱花，去巴厘岛看金色的落日，在西班牙广场的台阶上怀念罗马假日，在巴塞罗那的天台沐浴阳光，在歌剧院里享受维也纳，在塞纳河边呼吸整个巴黎……我想成全他们年轻时所有的梦想。与其说报答，不如说还债。

好在，到今天，这一切已不再是纸上的梦想，一座一座的城，全都留下了他们的足迹。

父母的情，是还不完的，父母子女之间，也许就是靠这一笔

"还想去哪儿?"
"不了,够了……"
"说吧。"
"伦敦……"

笔的债，你还我、我还你地欠下去。这账没法算清楚，还债也不是目的，只能在每个人不长的生命里，尽可能地补偿，以爱之名。

恐怕这就是人们所说的牵绊吧，难以偿尽，但别遗忘。

外交学院的梦碎，我也放下了它，安心继续学习。

如果我是个主持人会怎样

都说上天为你关上了一扇门，又打开了一扇窗。

但你怎么知道不是关上了一扇窗，而打开的是一扇门呢？

与其在挫败之后怨天尤人，不如摸黑继续寻找下一个门把手，也许就像人们常说的：一切都是最好的安排。我想这句话一定有两层意思，一层安排来自命运及命数，机遇和机缘，另一层安排来自我们，自己的眼光和选择，认定与坚持。命运和自我的安排，相互交织，完成我们每一次的关键选择。

我们了解每一次的选择带来的结果，却永远无法知道那些没有选择的路通往何方。时间无法给你答案，它只会无情地滚滚向前，选择不可能有重来的机会。所以不要太在意人生的路，是门还是窗，一方面是你没有资格知晓，另一方面即便是知道了，有人能把窗拓成一道门，更有人会把门封成一堵墙。

偶尔会有网友留言说：羡慕，你命真好。

我命是真好。

我命由天，也由我。

我们通力合作，才没有枉费那些机缘的垂青。

面对新的机会来临，我不断问自己的那一句"我吗"时，内在的情绪，有时是惊喜，有时是意外，有时是惊讶，有时是不安。

但有一点可以肯定，我在问出每一次"我吗"时，内心多少略有准备。

我想我可以胜任，可以完成，甚至有可能，还可以发点光。

一扇门微启，我听到合页吱呀的声音。

黑暗中我无从判断打开它是灿烂千阳，还是暗淡无光。但我至少能做的是，向它走过去。

彼时我已经放弃了外交学院，转而向外语大学努力了，爸妈也认可这一新的选择，北京外国语大学。我国许多外交家，和我最喜爱的几位外交部新闻发言人，也有不少出自北外的。到这里，所有的失意似乎烟消云散，新的目标清晰可见。

直到一个平常的日子，注定了在我生命里横插一杠。今天回望过去，是一次随意的尝试，制造了之后近二十年所有的结果。

如果妈妈下班没看到单位布告栏里的那张海报，我现在在哪里？后来是考上了外国语大学？还是名落孙山退而求次？可能选择了另一条路的自己，也在那另一方平行世界里活得自在而幸福，而那个我，也绝无从知晓，妈妈拿着那张纸回家后的人生，会走向何方。

纸上的字，深印在心：

全国中学生主持人大赛新疆赛区报名表。

GREW UP OVERNIGHT

别被这个淡定的表情骗了，当时忘词了，拼命想呢。

妈妈之所以会留意到比赛海报，还特意转身回到彩电中心，找到组委会办公室要来那张报名表，全因她和爸爸留心记住了我当时常跟他们念叨的一件事。

1997年《快乐大本营》上星，1998年《幸运52》问世，2000年《开心辞典》诞生，世纪之交是中国新综艺的狂欢，李咏、小丫、何炅、李湘这几个名字迅速扩散并占领电视文艺的制高点，我被他们不同寻常的主持风格吸引和震撼。虽然在"小白杨"当过报幕员，初高中时在新疆台主持过少儿节目，每一次学校文艺晚会老师们都会让我上台，上学时我不是在教室就是在广播站，但这都仅仅是业余爱好而已，不大可能会成为我未来的职业选择。可能我脑袋里从未闪过哪怕一丝一毫，干电视的念头，但恰是在为他们着迷的某一天，变化潜滋暗长。

02 ‖ 一生做梦，不要停止
GREW UP OVERNIGHT

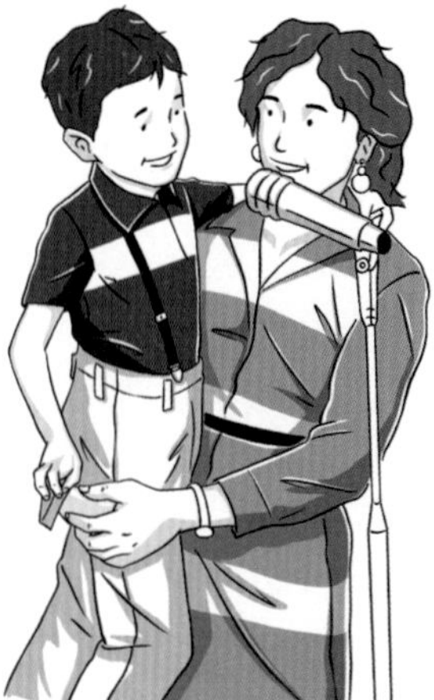

17岁的妄想症

2000年12月1日 星期五 晴

某一天,我发现我有了目标,对,就是理想。我知道我在几年之内要为我的理想而努力。或许有些虚荣心作祟吧,我所追求的是什么?

那天在阅览室看到某个主持人写的一本书,看了图片文字,我突然心潮澎湃,那是种如获至宝的心情,我知道我该去做什么了,我会固执地走下去,就算不能实现,也不会放弃。某人说我太慵懒,至少在某些方面。做个主持人很不容易吧,但别人做到了,我也一定可以。

我爱万里无云的天空,那比你的眼睛还要深邃的蓝色。

这是中学日记一篇,先不要去管那个眼睛没有蓝天深邃的人是谁。如果按日记的前后文以及时间推测应该是初恋吧,此事之后想起来再跟大家聊。看重点,字里行间透着雄心勃勃,势在必得,可别忘了,几乎与此同时,我还想当外交官呢。年轻人就是这么朝三暮四?

我如今倒挺羡慕自己 17 岁的肆意妄想，那个年龄如果不用来天马行空，还要等到何时？不妄想的青春是多么可怕的浪费。身在教室，灵魂去周游世界，一堂数学课下来，给自己罗织出一个多么充实而美好的未来。这是青春最宝贵的部分，不像现在的我，此时刚好 37 岁，写下此文是在新冠病毒肆虐的 2 月，宅在曾经无数次梦到过憧憬过的家里，试问年近不惑的自己，还有 17 岁时那份跳跃的雄心吗？还怀着那股对未来心驰神往的赤诚吗？还有那么一丁点儿对所有不确定性的渴望和热爱吗？

请保留一点啊，不要老去，不要疲沓，请热爱和翻腾，把心底的一潭死水搅个浪潮汹涌，将藏在脾胃间的那个少年拖出来，心肺复苏，让他活，让他好好支配这个中年的躯体，去滚，去奔，去跑，去惊天，去动地。

一生做梦，不要停止。

爸妈如何不会注意到我的这个小小新梦想，兴许他们想：参加个比赛锻炼锻炼，反正占用的都是假期，也无大碍吧。

报名，参赛。

热先生和热女士不知道的是，此时的他们，无意间充当了一回我既定轨道上的扳道夫。

大脑空白

他俩才没真的想让我成为一个主持人呢,这我清楚。做出版、搞文学、学术、科研、外语,这是他们希望我平顺前行的轨道,所有其他的,都只能是兴趣爱好而已,未来人生的加分项不过。想当个职业主持人?抱歉,从不在选项里。

但我已经被那张报名表悄悄改变了命运,爸妈浑然不觉,我更是。

起初的预赛、复赛十分顺利,我由于在新疆台参加过节目录制,所以对那个舞台很熟悉,比赛的场地正好也是我主持过《新星大擂台》的演播室,现在我将魂穿,找到儿时的我自己,带你去那演播厅里看看吧。

新疆电视台彩电中心,和中央电视台复兴路办公区的楼有点像,都是分为主配楼,各有各的出入口,又连为一体。主楼是新闻和办公,配楼是大大小小的演播室。现在我从中央台圆楼走向方楼时,偶尔能想起小时候,从新疆台的主楼进去走过一个长长的通道,去配音间找妈妈的情形。走廊的尽头是大演播厅,我早已走过了配音间,走到尽头,偷偷跑进了演播厅里,那里面有几个师傅在布景,为一场晚会做着准备。我一抬头,嚯!那么高;嚯!舞台真大。我试着从这个门跑向那个门,嚯!足有100米?我登上观众席,那里的视角更好,环顾一周,居然莫名有一种奇怪的归属感。

那时我才 6 岁。

我曾在这间演播厅里,混进译制中心的叔叔阿姨们当中,听过配音大师童自荣老师的课,那时候我坐在那儿,听着童老师的声音,我感觉自己不是身处演播室,感觉自己穿越进了电影里,在佐罗的世界里,衣衫褴褛地听着佐罗站在广场中央向我们讲话,他是我心中的英雄啊!原来译制片的世界如此神奇,电视台和光影之梦的距离如此之近。那种心醉的感受很久没有被翻出来过了,真好。

我七八岁时,第一次登上这个舞台,是在一台小晚会里,和"尿布之交"的表哥一起说了段不像相声的相声,是爸爸找了本笑话书,让我们把其中几则背下来,上台轮番讲了一通,但那也算是初次登台吧。后来参与主持的那些少儿节目,"六一"晚会,工作了之后回来主持的那场新疆台春晚,全都是在这 1000 平方米的演播厅里。它还是那么大,但我不再是当年那个好奇的孩子了。

如果没有这方特殊的舞台,我将绝无可能走上后来的那些,而同样是在这里发生的挫折,也差一点让我和主持人的梦想失之交臂。

初、复赛几乎都是第一,可以厚颜无耻地说,当之无愧的种子选手。全国中学生主持人大赛,就意味着各赛区的前几名是要被选拔去北京,有更吸引人的诱惑在等待他们。而我,也几乎是在此时第一次知道,北京有一所大学,名叫"北京广播学院"。

它和新疆电大有很大差别吗?是所大学,还是电视台附属的

虽然这张是摆拍，但配音我是认真的。
只要有孩子音，我准出现在话筒前。

培训机构？对于当时的我来说，"北广""广院"这些简称，因无知而不曾掀起过什么涟漪。不像现在对那些怀揣主持梦想的孩子们说起传媒大学，他们的眼睛里一定能放出光来，彼时我完全不为所动。仅仅只是把大赛放在心里，夺冠好像也不是什么大问题。

永远不要志得意满。这是我在那次失意之后铭记在心的。

意外发生在决赛那天，由于一切实在过于顺利，危机仿佛就藏在不为人知的角落里，伺机而动。决赛中有一项内容是在主持人比赛里常见的，给出三个词，串成一个故事。到我了，拿着题卡，看着上面的字，每一个我都认识，在脑海里构建出了基本逻辑之后，抬头准备讲述时，一眼看到坐在观众席里的爸妈，他们殷切的眼神和我六目相对，就在那一瞬间

唰……

大脑一片空白。

什么都想不起，什么也说不出，后来跌跌撞撞说了什么，完全记不清。大脑也自动删光了那一段记忆，只留下父母的眼神，和我的窘态。

自此以后到现在，父母再也不敢去现场看我任何重要的节目了，他们知道我在意他们，越在意，越有压力，别人是"窝里横"，我是"窝里怂"。去北京参赛的六个名额擦肩而过，我是第七。

至此一切归于平静，我再次安心回到学校上课。

后来发生的变化，快而意外，一切出乎想象。坦白说，我不知道旁人为此做过什么努力，我一直心存疑虑，因为这简直不合

情理，像是做梦一般。

因为它实在充满戏剧性。

广院侧门——全国中学生主持人大赛

话说前六名选手到了北京，厉兵秣马准备全国赛。新疆的领队罗煜老师，和广院的组委会沟通后得知，可取前六名，而不局限于前六人。这就意味着前六名里如果有分数并列，将自动空出第六名的位置，参赛人数可因此增加，新疆赛区恰好有这种情况，所以从北京打去电话，让第七名选手火速赶到北京，参加全国比赛。

有这天上掉馅儿饼的事吗？还正好不偏不倚砸在我脑袋上？但容不得多想，我向班主任请好假，出发前往北京，下了飞机，被罗老师接到了广院。

夜色阑珊，暑假刚开始，校园里漆黑一片，根本无从观赏广院景致，直接住进了国交中心的宾馆房间里。

这回不可再轻视我的对手了，我所指的对手是我的心魔，那片偶尔如幽灵闪现的"大脑空白"，我必须做足准备，才能与之战斗。连夜写稿、练习、背诵、演练，把每一个项目每一个环节磕到极致，再也不敢掉以轻心。

首先迎接的是分区赛，分为南北两大赛区，分场次进行比赛。记不清我在北方赛区里是什么成绩了，总之是新疆来的七名选手中,唯一一个进入总决赛的。那一天我总算释然了,总算没辜负为我来北京而努力的每一个人,也许是爸妈,也许是罗老师,也许是新疆赛区组委会的姬斌老师,也许是组织大赛的播音学院的李晓华院长、陈亮院长等等可敬的前辈们。没有他们的争取,我想我会永远错过这个机会,也永远无法以学子之名踏入广院之门,之后的所有连锁反应,都离不开链条上的每一点帮助和成全。我从未有机会认真感谢他们,我是个粗心的孩子,很多老师也都联系不到了,但好在我记性不差,经年累月,也没忘记所有给过我帮助的人,他们的名字,他们的样子,深深刻进脑海,我会感恩一生,心心念念。

总决赛终于来临,我穿着一件维吾尔族特色的白色绣花衬衫,头顶花帽,在如此重要的时刻,以示尊敬。抽题,紧张备赛,轮到我了,上场,面对满演播厅的广院老师、大学生们,基本保持沉着,还算松弛自然,将所有内容完整表达,没有疏漏,临场题目从容应对,偶有火花。完成,鞠躬致谢,下台。

再上台时,集体听取比赛结果,二等奖,第三名。

一等奖加两位并列二等,前三名的奖励千金难换:

免试进入广院。

有人总说自己是保送北大,我咽不下这口气,自然以此为据说自己是保送广院。但这么说不准确,保送应该是连高考都免了吧?但我的"保送",只是免除了艺考,还是要照常参加高考的,只要分数线够了,就等于迈入了广院大门。

回到新疆,校长知道了喜讯,叫我去和他谈话,谁知谈话的

内容,他在周一升国旗后的早会上,对着全校师生说了出去,广播里传来让我尴尬不已的话语:

"我校尼格买提同学荣获新苗杯全国中学生主持人大赛亚军!但他说了!即便获得了保送广院的机会,但他理想的院校依然是北京外国语大学!我们祝他梦想成真!!"

光是打出这两行字都让我尴尬不已,这是把我架上去了,考不上北外我真想把自己埋在十七中的墙角里。

十七中,提到了简单说两句吧。它的正式名称是:新疆实验中学。

妈妈是我师姐,当年实验女排队员,后来这位少女因特殊历史原因下乡去了昭苏草原挤牛奶,耽误了学业更错失了中央音乐学院的入学名额。当年在我眼里,和在很多人的认知中,十七中是先锋和潮流的代名词,算得上最洋气的一所中学,学生的颜值也是公认最高的,男生女生都颇有时尚感。乌鲁木齐青少年的流行款很多都是以十七中的校园为源头,再向外扩散。尤其是在维吾尔语部,摇滚乐风生水起,新疆很多出色的吉他手、鼓手、歌手都出自实验中学。即便如此,实验中学学生的学习成绩,在全疆都是数一数二的,每年考入全国名校的人不在少数。我初中是在十六中,上学路上总要特意经过"实验",看着校门口热情爽朗、欢声笑语、穿着前卫的哥哥姐姐们,我总艳羡地四处张望,无论如何,我要考进"实验"。

到了实验中学,我明白了,我看到的那些热闹喧嚣,基本只属于维吾尔语部,而在汉语部,听到更多的,是琅琅读书声,看到更多的,是伏案苦读状,学习氛围极其浓厚。同一个学校,对比极为强烈。

当时一个很有意思的现象是,主教学楼分为维汉两部分班级,每一层长长的走廊正中,都用铁栅栏隔开。站在栅栏边,你能明显感觉两边学生性情的差异,一边是喧闹,一边是宁静;一边是隔三岔五的欢呼,一边是埋头奋笔疾书;课间下楼是两边同学交流交往的机会,若是汉语部和维语部的同学谈起了恋爱,那是校园里奇妙而美好的一段传奇。我自小在汉语学校,自然在汉语部读书。上小学前,爸爸把一个重大的人生选择题交给我自己去选:去汉语学校,从零开始学汉语,还是像大多数孩子一样,就读维吾尔语小学。我不知二者的区别,却还是没犹豫地选了汉语学校,直接或间接地影响了很多个未来。像我这样的学生叫"民考汉",而维语部那边的同学被称作"民考民",如此这般,民族间的不同特色,和相互学习融合,成了实验中学独有的一道风景。当然现在,彼此间的交流更深,来往更多,融合更紧密了,那道栅栏早已被拆掉了吧,属于实验中学的特色,永远留在了记忆里。

高考高考

如果顺利,如果我的拖延症没有复发,这本书和读者见面的时间，恰好是在 2020 年的高考前（然而事实证明拖延症再次复发），不知道有多少心怀梦想的学子，一边寒窗苦读，一边畅想着并不遥远的未来。我侄女今年也面临高考，我怕她分心不用功，时不常通通电话鼓励她。我告诉她，一场考试当然决定不了一个人的命运，但它能决定你很多个未来，直接或间接：你将来可能扎根的城市，你身处校园的氛围，你所接受到的教育，你在成年之后认识的第一群人，这些都决定着你思考问题的深度，你理解世界的角度，你内心小宇宙的温度，你对待财富的态度，你眼观国家与社会的广度，进而影响你工作之后身边的朋友是谁，你出入什么样的场合，你吃什么喝什么，你未来的另一半是谁，你组建的家庭，你教育孩子的方式，甚至地球的周长，世界城市间的距离，和脚下每一处风景的远近，你所能到达最远的地方，你生命的半径，全都会被波及影响……这就是一场考试带来的蝴蝶风暴，命在自己手中，一次成败说明不了什么，但它带来的一个接一个的浪花，一定会助推下一个潮涌，一段一段的小将来，怎么会不改变一个人的未来？不管你接不接受，高考，它就是会影响你的人生。

侄女听完有点懵，沉默良久：叔，我去学习了。

而十八年前的那场高考，除了数学，所有的努力都问心无愧。我是文科生，这也不是学不好数学的借口，但确实在大脑中数学那一块，是一座孤岛，没有任何脑回路与之相连，它被孤立了，无可救药。好在语文英语历史政治地理都没有被辜负，我不仅是为考试而学，是我真的喜欢它们。我高中的历史老师至今还和现在的学生讲，当年班上唯一和她热烈讨论历史的，总爱提出各种问题的孩子，就是现在总在电视里"守门开门"的那个。

高考那几天，考点门外总是挤满了学生家长，考完出来，我还惊讶地看到很多父母居然拿着大捧鲜花迎接自己的孩子，抱抱亲亲，仿佛孩子的脸上已经写满了分数似的，我看到这样的场景总会汗毛竖立，尴尬不已，一边庆幸我严肃拒绝爸妈来陪考。一个人去，一个人回，不要给彼此太大压力，反而能拿出最松弛的状态应对难题。

松弛，是我认为最宝贵也最有用的一种身心感觉，至今在主持工作中，但凡找到了松弛之感，就能让自己和舞台共同绽放，进而让你找到在工作中畅快淋漓的痛快享受，它更能让你建立自信，良性循环，让大脑和心，灵光闪现。把自己彻底放下来，管用，受用。

高考很放松，但它一点也不能打消查分数时的紧张，坐在爸爸的书桌前，握着电话的红色听筒，我拿着纸笔一条一条地记录，最后再算出总分。怕有疏漏，反复核算，确认了那个数字：531。

这与我自己估分的 530 仅有一分之差。现在努力回忆起来，各科目中唯有数学的分数清晰记得，60 分，其他都有点忘记了。语文 120 多？英语 120 多？文综 230 多？此刻我像当年一样算着这些模糊的分数，怕自己说错了有虚报之嫌。填报志愿时，父母并不支持我填广院，比赛归比赛，上大学毕竟是人生选择，"广播学院"彼时还未升级为传媒大学，名头不如今日般响亮，好在最后一刻播音学院李晓华院长亲自打电话，给我父母做工作，他们才勉强同意。

爸妈高兴地带我去了刚开业没多久的，新疆第一家洋快餐肯德基，算是对我的奖励。这在当时的我看来，已经是一餐豪华盛宴了。

但不久后，更沉甸甸的奖励邮寄到了家里，我用指尖抚摩了一个暑假，差点把"北京广播学院录取通知书"这几个字磨没了，我只是想确认这是不是真的，通知书在手中很轻，但足以掀起心中的潮涌，我家客厅朝北，但我分明看到了阳光——

照了进来。

眼泪里有答案

史上最美好的暑假倏然而过,我要离开家乡,去北京上大学了。

父母早已习惯了在机场火车站送我的场景，但每次送行都难免热泪两行。他们当年也是这么过来的吧，六十年代，爸爸从伊犁老家出发去北京上大学，多愁善感的奶奶一定没少流眼泪。妈妈被分配到伊犁昭苏下乡再教育，临走时姥姥也抱着她嚎啕过吧。所以以泪相送，是我们家的传统，也是理所当然表达爱与亲情的方式。但我妈的眼泪，着实有点多，爸爸总开玩笑说，你真是个好演员。妈妈爱流泪这事总被我们拿出来当谈资,我拿奖了她哭,我考好了她哭,我远行了她哭,我回来了她还哭。到后来我参加比赛她哭得更厉害,小丫在大赛里把我救回来了她还哭,我第一次在电视屏幕出现的时候,还用说吗,哭。第一次接到春晚通知,告诉她她隔着电话哭,直播结束回家抱着我哭。她是个好演员,更是个爱哭鬼,但我心里最清楚,她的每一次动情都是由衷的,她的每一滴眼泪都是滚烫的,真切的,在爱我这件事情上,绝非表演。

但那天最让我意外的不是妈妈的眼泪。

我和所有亲人拥抱告别,我感觉到家人不同的情绪,有流泪的,有绷着的,最后抱的是爸爸,我不敢看他,但我相信他忍着泪,这么多年都如此。他在我心里是铁一般的存在,眼泪和他无关,即便有,也在心里淌着。

我转身上了火车,放下东西隔着窗户再和他们挥手告别。火车缓缓开动,渐行渐远。这时我毫无防备地看到了爸爸从未有过的举动:原本伫立在站台上的他,突然向着我走起来,火车越行越快,他的脚步也越来越急促,从快走变成了小跑,再从小跑变成了奔跑,这画面这场景我到老都不会忘记吧!爸爸再也不去控制他的情绪,彻底释放自己的泪水,放声大哭。他张着嘴,表情狰狞极了,那个在我眼里最帅的爸爸,这是记忆当中他最难看的样子,他边跑边用力挥着手,眼泪如雨般,如决堤般飙着,直到跑至月台的末端,无法再前行了他才停下来,就这么远远远远地看着渐渐缩小直到消失的列车。我想他感受到的是，这个疼了十八年的孩子今天远走他乡，这不是暂时的分别，而是孩子从此离开父母的怀抱，走向自己的人生。他也预感到了，这也不仅仅是孩子告别父母去上大学，而是大概彻底离开童年，离开家……写到这里，我鼻子早已酸了，我想每个孩子都有关于父母的记忆画面，有深有浅，而我爸之于我，最刻骨铭心的，莫过于这一个。

  人老了就越发难以收拾情绪吧。姥姥曾经那么爱笑的女人，到老了变得极容易动情落泪，儿女稍有怠慢，眼泪啪啪就下来了，五官拧巴到一块儿，表情像吃了酸柠檬似的。她一哭，儿女们就围着她哄，忍不住笑她的可爱，姥姥这才破涕为笑。这样的循环隔几天就上演一次，我感觉那是姥姥跟孩子们撒娇呢。但长大一点才明白，人到了一定岁数，就会逐渐失去安全感，怕失去、怕不被爱、怕被忽视。告别壮年，对生活中很多事都失去了控制，即便儿孙绕膝，人却恍若身处孤岛。内心的焦虑也无法全盘和孩子们分享，生怕影响他们的生活。

  除了不安全感和孤独感，老人越发恐慌的原因，来自身边的同龄人的逐渐减少。三十岁被称为而立之年，除了当自立于世的蕴涵外，可能也多少有另一层意思，那就是在这个年龄，你突然开始注意到身边的"逝去"了。从三十多岁开始，你需要去直面越来越多的死亡，而这个课题在过去似乎和自己毫无关系。三十岁仅仅是一个开始，随着年龄的增长，越来越多的亲人长辈，撒手而去。直到你自己也真正老去的时候，你就要去面对和接受一个更残酷的现实：你的同龄人，也开始走了。

老年人的真实心理，我们无法感同身受，但若把自己置于那个年龄，从他们的角度和处境去想问题，很多不理解，就都有了答案。当有一天我们也老了，死亡就不再是一个遥远的议题，而是悬在头顶的利剑，等在身后的信使，这般想象一番，你我都应该更理解我们身边那些老人的心态，从而知道我们应该如何做，去保护心灵孤岛上的他们。

我总在各种机会里提到姥姥，而很少说起奶奶。这会不会让爸爸有些不快？我想他也理解，因为奶奶走得比较早，即便如此，对她的记忆仍很清晰。奶奶是个瘦小的老太太，总是戴着传统的头巾，新疆的老人们喜欢用各色的头巾展示品位，好看的头巾总会随意一戴，在脑后轻轻一扎。每个老人都有自己戴头巾的方法，这是很多新疆孩子对奶奶姥姥们最美的记忆。奶奶生在农村，长在田间，直到爸爸中戏毕业回新疆工作了之后，才把她从伊宁接到了乌鲁木齐。奶奶总是住一段乌鲁木齐，住到想念伊宁了就回去，说到底还是不习惯在楼房里憋着。她享受自己在老家的生活，每天天不亮就起，洗漱后念经礼拜，雷打不动，清晨洒扫小院儿，摆弄花草，照顾蔬菜，惦记孩子。日复一日，按部就班。

要不是我五岁第一次去了她生活的地方，就难以真正理解她对故乡的眷恋。

奶奶的家，也就是爸爸的老家，那小村子叫 Jirhilang（吉尔格朗乡），很多年前还没有柏油路，一刮风，满脸土。沿着村里各条路，流淌着一条条小水渠，水从每家每户门前流过，像是用这样的水流，串起了整个村子的人们，成为村子的血管，赋予乡土灵魂。奶奶极其疼爱我，每次出去玩回来，她都要上下检查有没有摔着，不似爸妈总希望我在外面多玩玩，多闹闹，弄脏了衣服，摔一两个跟头也无妨。还记得之前和你讲起，小时候被暗恋发小的男生踢了裆部吗？可能是因为足够疼，那天的记忆至今无比清晰。那段时间奶奶正好和我们住在乌鲁木齐，也不知是谁合力把倒地的我扶起来抬回了家里，门一开，奶奶吓得叫了起来，奶奶的声音很细又很尖，加上哭腔简直震耳。我想她那时一定恨不得把伤我的人抓起来狠狠揍一顿，但彼时她能做的就是紧紧抱住我，生怕我再被谁伤害。

所以我一去伊犁的农村，奶奶的神经时刻紧张，农村的孩子们爱玩，能野，拉着我去大河边儿，他们衣服刺溜一脱，扑通一声就钻进水里，在那黄泥汤里叽叽喳喳地笑着招呼我下去，我可从来没下去过，胆儿小是一方面，也不全是因为不会游泳，我是怕我那敏感脆弱的奶奶，再因为什么被揉碎了心，不能再让她担心了。

奶奶在老家的时候，想必爸爸没有一刻不牵挂着她，他最担心奶奶的健康，就想着法给她补充营养。记忆中爸爸总给奶奶准备零食，把核桃仁葡萄干芝麻杏仁碾碎加入蜂蜜揉成一个个小球，爸爸一做就是一下午，到天黑了大功告成，在茶几上堆成了一座小山。再仔仔细细地包装好，第二天托人带走或邮寄去老家。隔几天都要打电话到村头的小卖部，奶奶一路小跑去接，爸爸在

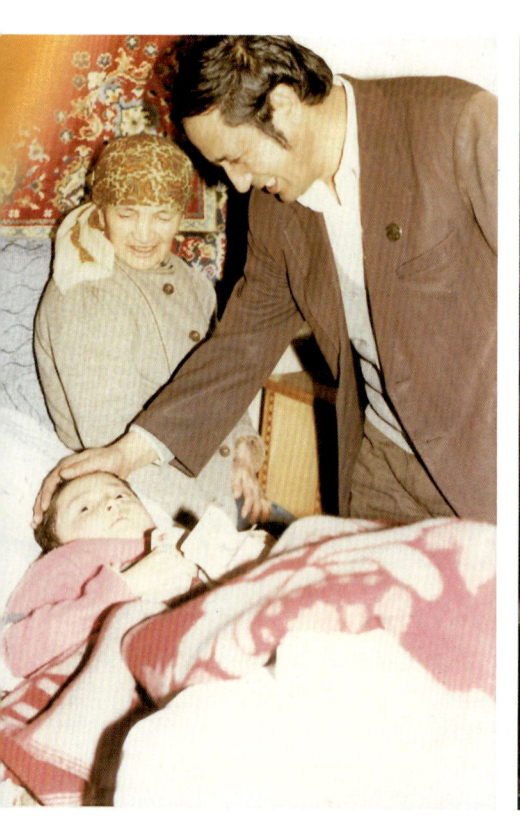

也许你会奇怪，生病了？
爸爸和奶奶怎么还挺高兴？
我手里怎么还攥着钱？
建议你搜索词条：割礼。

电话里一遍遍叮嘱:每天三颗,一定要吃,养好身体,照顾好自己。奶奶患有气管炎,夜里痰多,她住在乌鲁木齐的时候,爸爸给她准备了小搪瓷杯,他隔一会儿醒一次,倒痰、冲洗,再看看奶奶好不好,抚摩着她灰白的头发,看她入睡。

爸妈从不说,但他们怎么对自己的父母,我都看在眼里。所以时至今日,我都是带着对爸妈的亏欠感生活,我总觉得相比他们对自己父母做的,我还远远不够。奶奶和姥姥姥爷在他俩眼里,是宝宝是孩子,就算眼睛不总盯着,心里一刻也没有放下。

遗憾的是,我人生里很多美好的时刻,奶奶都没机会亲眼目睹了:一个寻常的夜里,电话铃响,还是从村头小卖部里打来的,只不过,这是最后一通。挂了叔叔打来的电话,爸爸连夜收拾行装回家送母亲最后一程。那晚我躲在被窝里哭了一夜,在日记本里写下关于她的故事,我的娇小但强大的奶奶,再也不会亲亲我的额头了,再也看不到她一日五次虔诚礼拜的侧影,再也听不到她那双黑色胶靴走起路嘎吱吱的声响,听不到她在电话那头的殷殷关切了。

彼时,我的姥姥姥爷,还很健康,他们替奶奶见证了我人生的很多阶段,这是我的幸运,但我们都心知肚明,这些挚爱的亲人,难以陪伴我们走完人生。他们迎来我们的生命,却终需我们泪目相送。 死亡,是我们终要面对的事,随着长大,它会更频繁地前来光顾,越来越残忍地逼迫我们面向现实。逐渐将挚爱之人从你生命里带走,这也是它向你一点点逼近的过程,它离你越近，带走的人就对你越重要，直到将你周遭清空，你便低头就范。

每个人都来过，也都会走，我们就像这世上的客人，不必过于遗憾，只要留下记忆，他们便一直近在身旁。

和姥姥姥爷有很多合影，从小到大，但我最想销毁的是这样一张。

那时的他们，胖得圆滚滚的，看上去年轻得很。再看看我，不仅是胖，还黑；不仅黑，还不均匀；不仅丑，还土，整个人像没长开。留着点青春期变了样儿的拧巴感，再加上一个月的军训，9月的艳阳晒得脸上黑一块青一块白一块紫一块，整张脸像是个大地色的调色盘，不忍直视（这张照片我就忍着心痛分享给你们吧，不要外传）。

军训一结束,甫一开学,姨妈就带着姥姥姥爷来北京游玩了,我就权当他们是来看我的吧。这张照片拍摄于颐和园,正是我最难适应最想家的阶段,但同时也是2002年我在北京最幸福的几天。因为接下来的每一天,都如同煎熬。

就让我叫你一声广院

从一个人对我们母校的称谓,就能大概判断他是不是校友,以及是哪个历史阶段的校友。比如入学前,我们都称她为"北广";真的成了她的孩子,我们亲切地称之为"广院";而2004级之后的慢慢改口叫"传媒大学"了。

我们这一代有些尴尬,恰好夹在母校新旧交替的时期,2002年我收到了北京广播学院的录取通知书,2006年却还我一纸中国传媒大学的毕业证。所有学校的老人,包括我自己,至今都打心眼儿里不接受母校的新名字,都带着老时光的情怀仍旧称她为"广院"。仿佛叫她"广院",一切都会凝固在过去,停留在那些简单纯粹的时间里。

一开始听说要改名时,大家纷纷献计献策,既然要升级,那就往大了说,比如"中国广播大学""北广大学""中央广电大学""中国广播学院",奇怪了,这校名怎么改都有点像电大的感觉。后来听说要"传媒"二字,那就干脆叫"中央传媒大学"吧,听到这个名字,同学们都兴奋极了,瞬间有了格调,高大上了起来,那就它了（就像我们能决定似的）。遗憾的是，那时，为保证严肃和规范，教育部不再批复带有"中央"二字的校名了。最终，"中国传媒大学"诞生。我们不大满意，但也别无他法。有人甚至开玩笑地说，叫"传媒"是因为当年兼并了煤炭干部管理学院的校区，所以"传媒"的"媒"字里，暗含着"煤大"的烙印。

曾经的广院，分南北两院，南院是老广院，北院就是后来被兼并的"煤大"。我来学校报到，以广院学子之名第一次踏进母校，就是从原本是"煤大"的北门（彼时刚刚成为广院北门）进来的。

北门外是朝阳路，2002年的朝阳路，远没有现在这般宽阔洁净，我极不情愿地打了车去学校，心想这是最后一次打车了，北京出租车，真贵。一过甘露园，就觉这简直是开进了黄沙漫天的乡村里，这和几个月前来比赛的是一个广院吗？后来才知，朝阳路正在扩建修整，而第一次去广院走的南门，加之北边是新并进来的"煤大"，融合的进程才刚刚开始，南北殊途，可见一斑。

报到事宜完毕，就是正式入住宿舍小区了，之所以要说小区，是因为这是一片至少由六栋楼组成的宿舍区，大名叫"梆子井学生公寓"，刚刚落成没几天，我们是第一批住户。靠东的属于"二外"（北京第二外国语学院），西边几栋都是广院的了，现在好像都被传媒大学收了。白色的楼体、前卫的结构，简洁现代。和广院以往的老宿舍楼比，除了崭新和舒适外，从八人一间，升级成了四人一间。当时心想师哥师姐们大概是很羡慕我们吧？后来才知道，我们这一批基本属于吸甲醛净化空气的，美其名曰"竹炭届"。加之梆子井与校区之间，隔着一条宽阔的京通快速路，上课放学，都要向东"跋山涉水"，跨过一架天桥，再向西行至南门，虽说不是太遥远，但比起住在学校里的，也是多了一些不便。

公寓里的房间大体相同，但唯有这么一间比较特别：顶层、朝北、把角、面壁，如果按商品房来看，是最难卖的那一种。我很"幸运"，被分到了这一间。它巧妙地占据了所有不利因素，窗户又被另一栋楼的侧身死死挡住，四年不见阳光，冬冷夏热，不知道我们是怎么熬过来的。

当时哪里会想这么多，满脑子都是：接下来四年要和谁生活在一起？哪里人？能合得来吗？什么脾气秉性？我是2601第一个入住的，放下行李就去看了看其他几张床上贴的名签，对角那个叫：陈大伟。

巧了，刚进来这位同学，应该就是他。

长那样子，怎么给你们形容呢？有点像电视剧《欢乐颂》里的白主管，还有《安家》里的郎店长，以及《完美关系》里的威廉，想起来了吗？也许你脑海里浮现的都是近年几个经典的反面角色，但我想告诉你的是，经过四年的相处，我敢打保票，他，应该可能也许大概其实是个好人。陈牧扬，原名陈大伟，山东济宁人。

当时怎么会想到他未来竟悖逆播音理想，一头扎进了表演专业。只觉这个衣着精致的同学，貌似谦逊，但从头到脚的奢侈名牌（注：此处名牌是指杰克·琼斯等），怕是富二代吧。我们故作自然地打了招呼，但彼此并不知根底，目测怕是聊不到一起。谁能知道就是这么一位仁兄，后来成了无话不谈的兄弟，坐在我自行车后座的哥们儿，一起外出干活儿赚钱的战友。直至今日，深情不减。

隔壁床：黄锋。四川德阳人，如今中国中央电视台新闻频道的主播。看上去稳重成熟，体态很是能压得住主播台。当年初见时，是个黑瘦高大、爽朗热情的大男孩。那时谁会知道，我会和他一起考进中央台。本在令人艳羡的播音岗位，干了几年他突然申请去非洲驻站。有一天和朋友们吃饭，电视开着，我无意瞟了一眼，主播与肯尼亚的记者连线，一位黑人兄弟对着镜头侃侃而谈。我跟同桌的人感叹："现在咱们非洲兄弟们汉语说得真溜！"再一看，不对，这人有点面熟，靠近了仔仔细细打量，是黄锋！那时他俨然已是一个黑黝黝油亮亮的非洲小伙儿了！不觉万般心疼起来，到后来，他总算完成了任务，回到台里，先在四套，辗转来到新闻频道，如今总算逐渐白回来一些，过着安稳自在的男主播人生。

对床：王燚。湖北武汉人，憨厚敦实、笑容可掬。想到他，就想起徐静蕾，那是他的女神，床头总放着她的照片画册。毕业后他也兜兜转转，从广播干到了电影，若有一天他和心中的女神合作，也算是如愿以偿了。

刚和这几个新舍友聊上天，有个人幽幽地站到了门口，门开着，但他还是礼貌性地咚咚敲了两下，也不瞧别人，只定睛看着

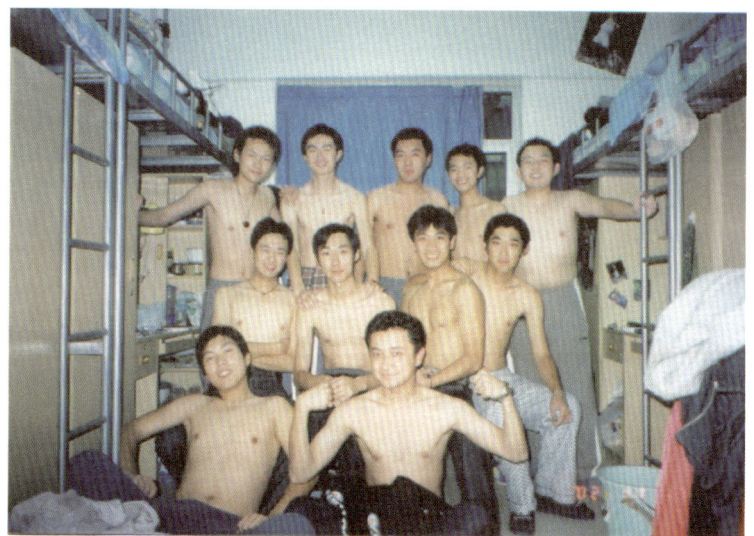

选择这张照片，我没通知他们中的任何人，
所以切勿转载发布或用于其他目的，否则我们将……转发你的微博。

我，眼神吓得我汗毛直立。他幽幽地走过来，自来熟地拍拍我肩膀："你，就是尼格买提啊。"

怎么的，这才刚开学就声名远播了？后来才知果真如此。他说来之前就听说，有个大赛进来的同学，闻其名却未见过其人，看过之后，他仿佛是放心了似的轻轻松松聊起天来。他这样的性情，在我眼里，注定了是广院的学生：自来熟、不拘谨、敢开口，能和人迅速熟络。我恰好与之相反，尤其是在一个新环境里，自信心恨不得低到尘埃里，当周遭喧哗，我宁愿将自己埋在角落。

但他人对我的印象绝不是这样，主持人大赛新鲜出炉的二等奖，前三名里唯一今年考进来的，那不得是个心高气傲、目中无人的主？怨不得都来看两眼，我心想，看过了你们就放心了吧。四年里，我老老实实做人，绝不显山露水，招惹是非。

那位来打招呼的同学，后来成了极其要好的朋友，刘艺，重庆人。综艺主持狂热分子，立志接蔡康永的班。大二就在当时娱乐报道的中心地带光线传媒兼职配音，那时就已月入四千，让我们这些同学羡慕不已。去吃麦当劳，他点两对儿鸡翅，去吃吉野家，他点双拼饭，我和梦遥看着他吃得如此过瘾，心想着：什么叫成功？

对那时的我们来说，成功就是将来我们也能豪爽地点四对儿鸡翅，每人两份双拼饭，在彼时的我们看来，成功就这么简单，却显得那么遥不可及。

刘艺是那种对自己好过头儿的人，花钱多，但在为理想努力这件事上，他也毫不吝啬。

第一次班会，就见识到了播音主持这一专业，对广大追梦少年们的吸引力有多大，全班72人，天南海北，乌泱泱坐满了一个大教室，有零星几个同学主动相互打招呼的，热情善良温和可亲。这让我心情放松下来，其中一位，特地横跨教室老远走过来打招呼，她就是刚刚说到的刘梦遥。

当时哪里想得到，这姑娘竟成了人生挚交，一起比赛、一起毕业、一起奋斗、一起扎根北京，算是互为红蓝颜知己吧。毕业后她去了北京台，一个五谷不分的小女孩，竟成了美食节目主持人。棘手的是，她当时接的是英子的班。

英子和东子，是北京观众心中无可替代的饮食男女，填了她的缺，自然成了众矢之的，好在梦遥知道去拼，还扛打，每天博客里对她污言秽语，她硬是扛住了，终日研究做菜，偶尔拿我当小白鼠试菜，老天终究不负她的努力，如今成了美食届数一数二的美女主持人，总算没辜负自己。

但当时她特地来打招呼，上来第一句："你还记得我吧？"

我脸盲，火速搜索大脑都不得结果，"咱俩一起参加的新苗杯(中学生主持人大赛)啊！""哦哦,对对想起来了,你好你好！"（其实我还是不大记得）她大概是看出来我忘了，有些怂怂。近二十年过去，她至今还常拿这事数落我，我也任她说去。当年的疏忽无法涂抹，只有默默见证她人生每一个重要时刻，当做补偿，直至今日。

那次班会，班主任李凤辉老师选定了班干部。与其说选，不如说他早已心中有数。因为对同学们还不大了解，所以直接将自己熟悉的几位同学一个萝卜一个坑地委任下来。李老师当然记得我，这活儿我定是跑不了。我焦急等待，只盼着他把我忘了，没想到最后还是听到了他的呼唤：尼格买提，你来当学习委员吧。

班干部的工作我其实再熟悉不过，小学时，出了那几次风头之后，竟直接跳级被选为大队委，戴着三道杠红袖箍，忙不迭地参与学校各类活动，畏畏缩缩的我多少有了点抬头的底气；上了初中因为有英语底子，被选为英语课代表，每天早自习督促大家学英语，在新疆大学暑期班学的那几首英语歌派上了用场，我比其他同学早到一些，歌词抄满黑板，每天早自习上唱歌、玩游戏、排小品，还给全班每个同学起了英文名，很多人至今还在用，这课代表当得也算称职；到了高中接着干，在学校里除了学习就是顺便干了些活计，过足了当干部的瘾。

但学习委员，听上去没那么简单。课代表是各管一摊，班长是总揽全局，而学习委员听起来似乎要操心得多，但这事不容推卸，只好硬着头皮接下来。

从门头沟斋堂的军训基地回来，全班同学已经面目全非。这个阶段是大家共同的颜值低潮，若拿军训照片和毕业照做对比，大多数同学都经历了整容级的成长。改变不仅在于肤色和样貌，更在于都懂得拾掇自己了。高考和军训弄得这些青春少年个个灰

为什么没有女生?
因为女生合影不给男生发。

头土脸，五官模糊，但到了大学，更多时间和精力可以学习"将头发梳成大人模样，穿上一身帅气服装"，因为"等会儿见你一定比想象美"。一切源于这突如其来的自由，它像潘多拉的魔盒，释放一个新世界。毕竟到了可以公然恋爱的年纪，那些被埋没的美好，总算到了一个旁人不知底细的新环境，怎么能不学会粉饰自己，以开启新的美好人生？尤其是在这样独特的校园环境，广院的空气尤其清新而自在，这里的学生统统被允许尽情伸展胳膊腿，揉捏自己的形状，成为他们真的想成为的样子。这是独属于广院人的幸福，现在他们管这叫"海底捞大学"。

但我还在慢热的过程中，无法真的将自己摊开来尽情享受。往往在这时，我心底里那个自闭的孩子又趁机冒出头来。那一点点脆弱的自尊心，在头几堂播音小课，就被撕碎了。

播音课

主持人大赛选进来的孩子，所有人都等着瞧瞧，只可惜我那点成绩全仰仗的是少年时的野蛮生长，直白点就是野路子。现在艺考的那些孩子一股脑儿涌进去的考前辅导班，在我们那个年代闻所未闻。当时的我们，不是凭天分就是靠自己，有点路子的就在当地电视台找播音员辅导辅导，我虽有电视台家属的天然便利，但确实一天课没上过。正经八百地念一篇文章，先不论吃不吃螺丝，打不打磕绊了，单是语音问题就能把老师急得头皮发麻。

我的第一个小课组老师徐树华老师，幽幽地说："问题不少。"

有一次小课，袁媛同学起身念了篇课文，老师问我："来，尼格买提，说说她有什么问题。"当时我还有些得意，自以为敏锐地抓住了这位同学的语音问题。我说：

"老师，挺好的，就是有点前后鼻'英'不'疯'。"

哪里人都笃定自己说的是普通话。我也不例外，曾经听语文老师说到"周瑜新'轰'不久，'冲'风得意"时也没觉得有什么奇怪。新疆普通话里前后鼻音颠倒也是我到广院才知道的。播音系第一年，就是要纠正我们的这些"理所当然"。

但当时我也没明白为什么同学们哄然大笑，后来知道了，我的确是：问题不少。

首当其冲是要好好练声，作为学习委员还身负点名的重担，得督促大家都好好练。但要深刻反省的是，我这个学委当得不称职，那长长的名单上，通常每天都打满了对勾，哪个同学缺勤稍微求点情，我就网开一面，打个勾罢了，不严格不苛刻。学期末，全班几乎全勤，皆大欢喜。

播音系的练声传统，尽人皆知，不必赘述，到我们这届倒也少见对着一棵树念绕口令的，但大都是得面对一个实体，墙、电线杆、球门框、篮球架，不知为何，声音反射听得清楚？还是难为情得找个东西挡住自己？同学们通常都是赶早起来，在操场找一堵墙，大家一字排开，捧着一本书，碎碎念，默默读，高低声起伏，长短气不绝。

我有时会恍惚，感觉来到了一个异常的平行空间，在这里，人们用晦涩的绕口令彼此交流,他们晚睡早起,眼神呆滞,终日面对墙壁自言自语,空气中飘浮着奇形怪状的文字,和逻辑诡异的语句:

出东门过大桥,大桥底下一树枣,青的多,红的少,拿着竿子去打枣……

八百标兵奔北坡,炮兵并排北边跑……

用四十七支极细极细的紫丝线,试织四十七只极细极细的紫狮子……

门上吊刀,刀倒吊着……

这个星球的一天,就这么开始了。

吃饭这件大事

操场对面,就是清真食堂,地方不大,饭菜是真香。一杯豆浆一块肉饼,练完声,就着电视上雷打不动的《凤凰早班车》,吃完和学校里同届的新疆老乡们打个招呼聊聊天,便各奔东西了。

初来广院的时候,也没少被同学们问到:"你们那儿是不是都骑马上学?蒙古包里上课的感觉怎么样?"我就会打趣儿地回答他们:"没错,我们那儿谁马跑得快就给谁加分,拉弓射箭是每年必考题……"他们听了哈哈大笑,都不傻,知道我是开玩笑。

说说笑笑地倒也是迅速拉近了我们之间的距离。无论是宿舍兄弟，还是班里同学，大家都自然融洽。只是刚到广院，就面临了一个重要难题：吃饭。

吃饭这一件事，也不难。学校的清真食堂虽然小，也能满足口腹，学校附近也有羊坊涮肉，二外的清真食堂花样更多，偶尔去撮一顿倒也自在。只是班里同学聚会的时候，问题就出现了。起初大家都很尊重我的饮食习惯，专门选择清真餐厅，但一次两次行，再三再四，即便他们不说，我心里也别扭。实在不愿让大家为我一再迁就，我开始找借口缺席聚餐，说不舒服，有事，甚至说有约会……可时间一长，我顿觉和同学之间的感情，还真有可能因为自己的缺席而有疏离。我们中国人的感情，往往都是在餐桌上，借着一顿饭、一场酒而维系和稳固，大学生也不例外，更别说生性热爱社交的广院人了。

我从小长在新疆，从未遇到这个问题。但现在，如果自己的观念再不改变，我将很有可能无法让自己真正融入这个集体。吃饭这事说起来，各位看客可能觉得没什么大不了，但对当年的我来说，跨过这个界限并不容易。但我还是迈出了那一步，一开始即便自己不吃，也要参加聚餐，席间大家玩玩闹闹自然距离拉得更近。我也逐渐意识到，每个孩子都来自全国不同的地方，带着各自家乡的传统和习惯，但这决不意味着，要一味封闭在自己的小圈子里。尝试着改变一些坚持，打开彼此之间的通道，你会发现他人会更接纳你，从而更了解你出发的那个地方，懂得如何在彼此信任中尊重你的传统，而你，更能学会如何在保持自我和融入集体之间找到平衡。

至今我都绝不愿意因为自己的饮食习惯，而给他人徒增麻烦，尤其是在条件不允许的地方，更不能容许自己借习惯之名，享特殊之照顾。无论是外拍录节目，还是各地走基层，不大可能在所到之处方便地找到所谓"能吃"的地方，也没有人有义务去照顾你的特殊需求。那便要首先学会说：没关系，我不介意；我都行，不用管我；别照顾，我们都一样。

录制《了不起的挑战》那段时间，去了全国很多地方，有几次都是在军营里和官兵们一块吃饭，端到面前的几样菜里都有猪肉，我一边假装动动筷子，一边感叹说："咱们这儿伙食不错，爸爸妈妈们看到你们吃得好，肯定都放心了。"

没人发现我一直只是在吃米饭，我宁愿旁人意识不到，因为我应该和必须，不让任何人感到难堪和局促。可以要求自己，但绝不能要求别人。别人请客吃饭，必是出于好意，若表现出对饭桌上食物的排斥，就是礼貌和情商的问题了。有时候对方会突然意识到疏忽了，这时我更有必要用一两句玩笑，去化解他的尴尬。甚至有时真不怕人不注意，而是怕人太注意。

很多时候，规矩是立给自己的，不是用来束缚别人的，"知道并安排"是惊喜，但肯定不是他人的义务。

和我一届来广院的新疆孩子，有十几个，军训时学校就主动做出安排，让我们在单独一个房间里吃清真餐。现在想来其实大可不必，那简直差点把我们惯坏了，不仅能坐着吃饭，馒头也基本管够，每日午餐还成了我们放肆欢闹的时间。我对面总坐着一个红色卷发的女孩，因为皮肤白，发色显得更鲜亮。我们俩唯一能有的共同话题，就是拥有同款手机，西门子2118。

这是高考后爸妈给我的奖励，要知道高中时能有一台传呼机就顶天了，若是汉显的，那得光明正大地别腰上，其实也没人跟你联系，那就是个嘚瑟你独到品味的物件。那时候到处都是捏着传呼，满大街找电话的身影。传呼小姐们忙个不停，很多人还习惯在报完号，说完传呼内容后，加上那么一句"帮我呼二十遍！"以彰显事情的紧急。现在想来，她们哪里会真的帮你呼二十遍啊，但传呼机在腰间滴滴作响，低头看一眼，数字机时代还得从兜里翻出个小本本，看着数字寻找对应文字内容。中文机时代就方便多了，但大概绝大多数的文字内容都是"请速回电话"。如果你也经历过这个时代，那你还记得你那小黑盒子里，存储过什么样的故事和人吗？有否装着一个焦急等待回音的灵魂？或者你就是那个一遍遍打传呼台，在电话机旁等着回电的人？如果你能背得出当年自己的传呼号，那你准保存着一颗老灵魂，和一箱子的故事。只可惜，如今腰间的赘肉代替了呼机，很多过往都被忘记了。

总是容易扯远，我只是想说明，在那样的一个时代，一个18岁的少年拥有了一台手机，是多么幸福的事。更何况，那个和你用同款手机的，恰好是你喜欢的人。又或者，你仅仅是因为手机，才注意到她？

那些年的故事如今想起来，都让人无限感慨，它们和现实的重叠交错，以及往后生命里的那些爱与代价，哪里是这样一本讲述成长故事的书可以装得下的，等他日里，你我再老一些，再说给你听。总之，人生中每一步的选择都彼此勾连，因果相继，无论对错，每一步都算数。

03 ｜ 每一步，都算数
GREW UP OVERNIGHT

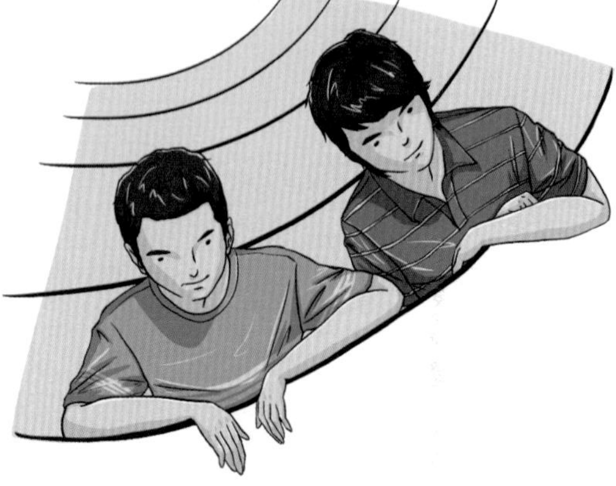

师哥师姐是为你好

广院的校歌名叫《校园里有一排年轻的白杨》。而1号楼的背身,就是那一排白杨了,确切地说是两排,夹着一条直通播音系楼的小路。播音系的对面是个小卖部,卖些快餐和零食,这里也是师哥师姐们招呼师弟师妹出去接活儿的地方。他们对我们还是不错的,赚钱的机会自己没时间去,或者嫌钱少,就统统委派给我们。刚来广院就听师哥们的谆谆教诲,将来你们就知道我们的好了。真的到了我们长大了,才多少明白了这话的意思,师兄弟姐妹们的联系,其实也是在织一张大网,让自己被那细细的丝线,拢络进中国传媒行业的泱泱大军中。未来的日子里,在台里聊起来,"你也是广院的啊?""哪级?""哟,师哥好!"倍儿亲切。当然也没想象的那么管用,但这微弱的联系,能让你在一个陌生的环境里,迅速找到归属感,像家人的那种。

家里人,自然是亲的时候格外亲,不客气起来也毫不留情。训师弟师妹的传统,到我们这届,基本已经式微,但传统毕竟是传统,体系里的人不经历这一切,总不好意思说自己是广院出来的。听闻过去的训新生之严酷,我们不寒而栗。我们班男生被

2001级的师哥训话那天,我"恰好"去了姨妈家和姥姥姥爷吃饭,回来听宿舍兄弟说起来,说有师兄一进来就拿把折叠刀插在桌上,不屑地看一圈说道:"看看到底是你们手快,还是我刀快!"是个狠人,不过多少有些戏说的成分。

师妹们的遭遇,更让人哭笑不得。

"吴乐冶是你们班的吗?是哪个?也没想象中那么漂亮嘛。来,给师姐跳个舞。"

诸如此类,当时的"遭遇",成了现在笑谈,若没有这些经历,也不会那么提早就看见世道之"严酷"。现在说起来多少有些"社会",但从没听说哪位广院的学子,会把这些遭遇真的放在心上,与当年不打不相识的师哥师姐们再聚首时,大家回忆往事也总是忍不住笑出眼泪来。

当时你以为他们是绊脚石,但很多师哥师姐都成了你前行路上的指示牌,有意无意成就你的一番事业。大一下学期,因为参加全校英语演讲比赛,在高手如林,甚至有英语播音和外语专业同学参与的情况下,我竟意外拿到第一名。有位师姐因此事找到我,让我跟她去干个"小活儿"。

这活儿其实不小,干好了能赚不少。但好事都有代价,代价就是连续几天都要坐公交换地铁去一个叫"上地"的地方,头回听到这个地名,我感慨:是够远的,都去见上帝了。

我们的任务是录制一套少儿英语教材,几本书录下来,每天都是口干舌燥,身虚体乏。但忙了好些天最后一结账,我看到了一个天文数字：四千元。我当时就作了个决定，就这么下去，可以不让家里寄钱了。

当时爸妈每个月给我打六百，对现在的学生来说，可能请一顿饭就没了，花不了几天，但对当时生活简简单单的我，算不上绰绰有余，但也紧紧巴巴地足够花了。拮据的时候也有，但跟父母要钱，就像要了自己的命，爸妈虽是工薪阶层，却也从不心疼在我身上花钱，但我自小就对张口要钱这事极为敏感，难以启齿。一想到在广院一年一万的学费，每一天都在背负一种莫名的负罪感。所以经济越早独立，我越早能摆脱这种感受。那次"打工"的经历给了我很大的信心，我企盼自己能早点自立。

播音系的孩子有比其他专业更广阔的赚钱门道，很多商业活动不愿多花钱找知名主持人的，往往都从广院的学生里找，肯多出点就找大师哥大师姐，再寒酸些的，找大一大二的，能把一场活动顺下来就成，也不求出彩。所以这就像是一层层的滤网，大四不愿意接的，漏下来给大三的，大三的看不上了，再流给大二的，大二再不要，大一的孩子们就能捡着便宜了。所以由此可见，尽可能跟师哥师姐们搞好关系有多重要。

当时我们常去帮师哥们的忙，有在外面住的师哥要搬家，我们就齐刷刷地去免费搬家，心甘情愿，还有说有笑的，若是当年自己攒个搬家公司，生意应该也不错。

我干过的活儿也不少，商场门口的促销，乍暖还寒的初春吸着鼻涕吆喝卖奶酪；某企业年会，咱班几个男生去演了小品，讲述公司老板创业故事。排了那么多天，一人分到几百块钱，不错了；还曾荣登华表奖颁奖礼的舞台，去替正牌主持人走位置；平安夜里去国贸饭店主持圣诞晚宴，刘艺在大厅我在门口小厅，觥筹交错珍馐满桌，当然哪道菜跟我都没关系，好在各赚了1000块，深夜里我俩步行到SOHO现代城的永和，美美地吃了一顿豆浆油条，那份满足感，今天咀嚼起来，也是有滋有味。

那个年纪也是矫情，"心路历程"也都添油加醋地记录在案，在当时的MSN空间里写下过这么一件小事：

> 昨晚去主持一个晚会，拿过主办方准备的盒饭，里面是大块的红烧肉，我微笑着重新盖好。他们说怎么不吃啊，我说不饿，其实是不想麻烦人家再去找清真的。
>
> 晚上回宿舍翻了半天找出一碗泡面坐桌前开吃，妈妈正好打电话过来，问我吃饭了没？我说我吃了，吃得可好了，牛排意面沙拉海鲜饱饱的，放心。
>
> 挂了电话，看见黄锋正看着我，说："我想哭。"
>
> 我说你哭什么？他说："因为你骗你妈……"

记得更清楚的一次，是去配音。

说好了五百块钱，我去了，配了半天对方都觉得不对，那是条广告，人家需要的是浑厚的广告声，我这基础都没打明白呢，当然不能让人满意，最后对方送我到门口，我知道我不仅浪费了他们的时间，自己还白跑了一趟，羞愧难当。电梯来了，大哥往我手里塞了一百块钱，我有点意外，也很不好意思，但我居然没有拒绝，握在手里不知所措，电梯门就关上了。到了一楼，那一百块还捏在手里，有点潮，也有点扎手。我不喜欢这样的自己，本事不够，还耽误别人。我跟自己说：

将来，你得对得起赚的每一分钱。

老师们常说，扎扎实实打好基本功，将来你会受用终身，你会感谢自己今天的努力。说实在的，我算不上真的努力，还好还残留了几分高考前时的认真踏实，随着时间的流逝，那些语音问题，已经渐渐消解殆尽，在李晓华、陈亮、李凤辉、马桂芬、鲁景超、徐树华、罗莉、卢静、柴璠、金北平、宋晓阳、王明军等老师们的引领下，我一关一关地打怪升级，挣脱掉束缚我的那诸多桎梏和毛病，一点点地解决问题、领悟感受，逐渐稍稍有了那么一点播音系学子的模样了。

是主持人就在广院礼堂站够一百秒

2000年还在上高中的时候，稀里糊涂去参加了一个中学生风采大赛，居然还稀里糊涂拿了个冠军，奖品是一台三碟VCD机，听起来是不是有些恍惚？在早年DVD还没有问世的年月，一盘VCD里装不下一整部电影，通常是看到一半要换碟，有些电影格外长，两盘不够就三盘。这样一台机器，能实现内部自动换碟,当年这还是个新鲜玩意儿。除此之外,比赛还有个额外的收获,以此为契机被选作新疆学生代表,赴港参加宋庆龄基金会举办的内地与香港青少年交流活动。三十多位少年在香港度过了充实美好的几天,他们大多是学霸,回到内地后各奔东西,回归到各自的轨道上去,此后交集不多。我唯独和一个来自重庆的男孩张图,在茫茫人海再次相遇。

大学报到的那天,竟然在南门碰到了张图,我们惊讶于这特别的缘分,原来他也考到了广院,在表演系。后来的张图"不务正业",和几个兄弟在学校附近租了个房,开了间工作室,专门帮人拍摄现场活动,结果是越拍越得心应手,这么一个小小的工作室,后来发展成为全国最知名的婚礼摄制公司——24格。我没打算和你聊拍摄婚礼的事,我提到张图,其实是想说起和他一起来报到的另一个人,是一个个儿不高,看起来老实巴交的同学,张图操着一口渝普说:"他叫黎志,文编(文艺编导专业)的。"

你认识的每一个人,都有他来的理由,日后总会明白,都是最好的安排。我们住同一栋楼里,偶尔串门,打打招呼侃侃大山。黎志在校学生会里十分活跃,慢慢地开始负责组织举办学校里的大小活动。我们班七十多个人,能把同班同学认全就不错了,便不大与外系的同学有来往,所以文编的黎志认识的同级播音系的,大概只有我一个。大一那年,他就导演起了广院最负盛名的一场歌唱比赛——《广院之春》。

说到"广春",每个广院人都有关于它的一段记忆,有人登过台,有人哄过台,在那纸飞机漫天飞舞的小礼堂,留下了多少人的青春记忆。哄台的习惯被美化为传统,每一个经历过那些事的广院人,即便人到中年,也会对那份喧嚣津津乐道。哄的不光是歌手,主持人也是靶子,尤其是那些学院派的、播音腔浓重的学长,面对全体观众字正腔圆的"北京广播学院广播台"的齐声讽刺,总会被吓得腿软声颤。彼时哄台在广院已成一道风景,一种文化,衍生出对不同人群不同的哄法,居然还颇具章法,自成体系。对这事,很多外人总是嗤之以鼻,但我们总能找出美化它的理由:

"你能在广院舞台站住一分钟,就能在大会堂的舞台站稳一小时。"

那小礼堂的舞台,像是个传媒行业的小江湖,泄了多少怨,练了多少嘴,壮了多少胆,没人能数得清了。

2004年4月的一晚,已是学生会文艺部部长的黎志来找我,让我去主持《广院之春》的初赛。

听起来不寒而栗。我不知道哪来的勇气,应了这令人胆寒的事。下一个画面里,我已经站在那方舞台上了,握着话筒,举着手卡,开场记不清自己说了什么,只记得台下不时传来师哥师姐们的哄笑,兴许都嘀咕,确切地说是高声嘀咕:这谁啊?没见过。

也不知是哪片的观众应和了几声我开的玩笑,我突然来了自信,准确地说是开了点窍,有些明白了,想要征服他们,就得先和他们玩儿起来。反正不是决赛,那就撒开了玩儿吧。

那一场主持算不得成功,却也没惨到哪里去,因为之后几次到我出场时,慢慢就没人哄台了,有掌声了,偶尔还能听到善意的笑声。我在和他们交流，台上台下情感在互动，我觉得自己微微收获了观众的心。我希望自己能记住这种佳境，它是我长久站在舞台上的初心，是我找到自我的方式。

我有点爱上小礼堂了。

当一些机会找到你，用你用得顺手，如无特殊情况，就不会费周章地再去寻别人。参加工作之后，我似乎也因为这条逻辑，而持续性地收获很多主持的机会。事无大小，都是表达的机会，有表就一定有达，不管它达到哪里，也不用去奢望哪次机会让你发光，反正……

你得让人看见。

写到这里，我突然想知道当年黎志为什么找我主持《广院之春》，此时已是夜里两点半，我发微信给他，他回复道：

"因为你优秀啊。"

紧接着是一个呕吐的表情。他接着说：

"不喜欢那种太正统播音腔的，想找亲切有娱乐感的。你应该2003年就服务过学生会晚会吧，也大概知道你在台上的状态。

"但当时有个应急任务不晓得你还记不记得。2004年11月又找你主持第一届《风采之星》，决赛的时候，有个配合选手即兴表演的环节，本来找了沈凌师哥，但他临时有特别紧急的情况来不了了。于是在比赛前一天晚上，我在宿舍跟你沟通了一下，你就临危受命了，又因为一些特殊的原因，这一环节没有彩排，于是最后决赛当晚，前两部分都很顺利，最后这一部分算是危险走完了。"

看他说完这些，无数回忆涌入脑海，当时如果沈凌师哥如约

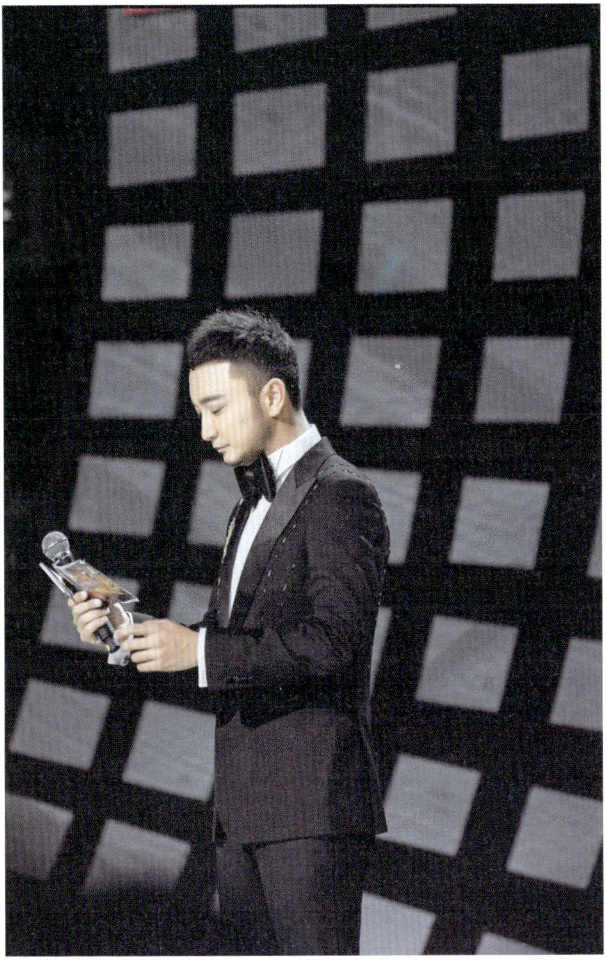

而至,那么整场比赛一定更加完美,但正是因为他的临时缺席,我得以完成了一次略显尴尬的救场。虽然效果不尽理想,但至少挣了个临危受命的加分项。有些时候,你能力可以暂且没到位,但接受和完成,往往比出彩更让人欣慰,而这些未来的传媒人,将会更加刻骨地明白这个道理,它叫做:

安全播出。

可在那时,未来对于我们,还是一个遥远的归宿。毕业的日子像是很近了,但又触不可及,更多的时候在思考前程之余,我们也尽情享受未知的乐趣。

我在上海存了一杯咖啡

未来的我们是什么样子?无论如何拼命设想,你都无法想象出将来你要面对的是一个何等精(gou)彩(xie)的人生。因为现下的这一个,已经足够有意思了。

毕业前的一年,和黎志去"周游世界",先后去了青岛和上海等大城市,几乎身无分文,住在外滩一家始建于1846年的老酒店里——号称卓别林曾经入住过的浦江饭店,中国第一盏电灯在此点亮,而今天,感谢新社会,像我们这样的穷酸背包客也可以住在里面了,只不过是八人一间,算是酒店里的青年旅舍。在外滩这处宝地,浦江饭店的住宿价格便宜到惊人。剩下的钱足够我们在上海好好逍遥一把了。

我们做的最奢华的事情莫过于登上了当时全国最高的摩天大楼——金茂大厦，当然走的是游客通道，花不了几块钱就可以登顶到中国楼宇之巅。你知道像这样柱状的建筑里，通常是中空的设计，顶层瞭望台朝外看风景，而向里看，你可以一瞥柱状中空体的底部。我们大约在八十几层，看到的底部大约在五十层，虽然看不大清楚，但我大概知道那里是个酒店的大堂。

暖黄的色调，远远仿佛听得见钢琴声、人们轻松的说话声和笑声，或者根本就是我的幻觉，这么遥远的距离应该什么都听不到才是。它就像一幅幻景，远得不可触摸，又近到其实你坐着电梯下去就是。我俩凭栏趴那儿看了半天，就那一霎那，我们的想法可能出奇地一致，忍不住说出口：

"你说什么时候我们也能坐在那儿喝一杯咖啡？"

坐那儿喝咖啡，在当时的我们看来是几乎不可能的事，即便现在想想其实真要拼了命下去点一杯无非就是一晚大通铺的房钱，但我们清楚自己当时所处的位置：没钱没毕业没收入，结结实实地站在那个点上，对未来的迷茫和种种不切实际的想象把我们和下方大堂的距离拉得极其遥远。而楼下那些人，根本不可能有一丝念想，去抬头看一看他们上方的我们这些人。我们像是看着狮虎山里的猛兽，而如果但凡他们知道我们的存在，我们也只不过是山顶的猴群罢了。

"十年吧。"他突然说。

我没反应过来他什么意思，因为距离我问出那个问题貌似过了很久。

"十年后，我俩约着一起，去那儿，喝一杯吧。"

我的天，十年。十年以后我俩都是中年男人了，那时候如果还没混到能在金茂酒店大堂喝一杯咖啡，那直接跳下去好了。

十年后的 2015 年，我问过一次黎志，彼时他在香港帮黎明做着电影，再几年前有一部自己导演的电影上映，釜山电影节拿过了奖，虽然还远算不上一线导演，但前景也是相当可观了。我说我俩都坚持做朋友十几年了，你还记得我们那次的意淫吗？

记得记得，等我忙完这一阵儿哈。

然后又过去了五年，十二生肖都走了一圈儿多，这几年间我去过无数次上海，工作间隙见见朋友，探访上海美好的武康路的咖啡馆，或者找到一家艺术区里的西班牙餐厅，在顶楼呼吸老街上的空气，在遮天蔽日的梧桐树下一路找到一家人声鼎沸的餐馆，又或者仅仅是在一天的工作结束后在酒店楼下的新旺茶餐厅来一顿饱饱的夜宵。我有过那么多次的机会，去往金茂酒店的大堂，去圆当年的梦想，但我居然连浦东，都没去过。

2005 年的我一定没想到的是，即便未来的我们，已经能够轻易实现那个小小的愿望，但这事对于当下的两人来说，早已了无生趣，或者已经远不需要去用它来证明什么。我们活得都还算不错，悄无声息地就跨越了曾经对自己的期待。哪怕真的有一天各自或一起去了，我们是否仅仅会互相看看耸耸肩道"不过如此而已"？

因此那两杯咖啡，我们的默契是：先留着。

未来的有趣之处就在于，你不知道会发生什么，你更不知道你会变成什么样的人，此刻你的爱人和朋友，未来还有几个能在你身边。即便他人不会改变，我们自己也不可能一成不变。我们每日都在点滴的细微变化中行进，几年的时间，这些变量就能积累到足以让我们的人生转向的程度，未来的一切只会更加让你始料未及。这就是未知，它深不可测，但真的来到你身边的时候，平凡得就像你早就料到了似的。这是因为貌似高冷的未来，无非就是由一个又一个"下一秒"堆积而成，没有这一秒，就没有下一秒、下一分钟、下一小时。没有这一切，就不可能有未来。所以未来这家伙脸冲着你向后退，你压根儿看不到它身后是什么，你只是跟着它前进，知道它总要带你去一个地方。

有些未来，还是搁置起来比较好。想象一下如果我和黎志，很多年后，终于同时挤出了时间，相约一起飞去上海，打车到了金茂大厦。此时的金茂已不再是当年地标级的建筑，过去金碧辉煌的装修风格早都已经落伍，沙发露出海绵，服务员还穿着皱巴巴的制服，钢琴师居然还弹着《致爱丽丝》。我们勉强找了个位置坐下，拿起油腻的菜单叫了半天服务员才来，咖啡只有美式、拿铁和摩卡，橱柜里的蛋糕居然还带着塑料包装。我们尴尬地坐着，拍拍沙发扶手四下张望，好吧我们终于到这儿了，那么然后呢？我抬头仰望，以最佳视角观察我们当年从遥远的高处欣赏的景色。暖黄的灯光、说笑的人声、舒缓的钢琴曲，一切照旧，但感觉怎么没了呢？当年渴望的一幕真的来到眼前，怎么无趣到这

像素很渣,但这确是我在金茂大厦顶层拍下去的照片,
远远的大堂,某一张桌上,留着我一杯咖啡。

等地步？发生了什么？是金茂大厦变了还是我们变了？

我隐约看见头顶的观光区有两个少年，趴在栏杆上往下看，他们眼里是透彻的期待、一点羡慕，和很多为难。他们兴许看到了灯光沙发和钢琴，可能还有我和我们，如果距离够近，我想告诉他们：

勇敢做梦，哪怕许个小小的愿望，然后记在心里，无限接近它，然后超越它。

未来绝不仅仅是两杯虚荣的咖啡，它真正的美好，在这大楼之外。所以不要轻易辜负现在的自己，就是对未来最好的成全。有些努力，当时不觉费力，也并不指望什么回报，但它们都算数，统统算进你的成长里，某一个不经意的瞬间，就会给你施以回报，也许是明日，也许是后天，也许你当下看不见，也许你从未察觉，但每一分努力，都会带来一个结果，它推动下一个结果，一步一步，塑造我们的未来。

真的，都算数。

至于那两杯咖啡，留着。

无比赛，不人生

能通向未来的，有很多途径。

比如，参加比赛。

2019 年的秋季之前，很多人都认为主持人比赛，已经被送入了历史的收纳箱，记得各类主持人比赛层出不穷风起云涌的21世纪初，观众总是喜欢看到这些未来的主持人在台上挥斥方遒，指点江山，甚至面对难题紧张尴尬不知所云的样子。主持人大赛在那些年颇为流行，从央视到地方台每年都会看到新的大赛亮相，仿佛主持人行业是那么地渴望人才。但在那波热潮之后，一切归于平静，近几年的时间，你能想起哪里举办的哪场主持人大赛呢？但2019年的总台主持人大赛，低调宣告，主持人的选拔回来了。也许这一次，它不见得会再掀主持人赛事复兴的波澜，但至少它向观众展示了，新的时代里，我们需要的，是什么样的主持人。

让我们把时间调回到大约十五年前，那些大赛方兴未艾的年月，因我自己也曾是这波澜里一朵小小的浪花。

很多很多人看到我，都会告诉我，当年你参加《挑战主持人》的时候，我一直关注着你。我从不纠正，点头感谢。事实上我从未参加过《挑战主持人》，大家之所以这么说，是因为《挑战主持人》称得上的这类节目的不二典范和代表。我常在宿舍里看着节目中那些优秀的年轻主持人，以及很多同我一样的学生，尉迟琳嘉、王若麟、李思思等人在舞台劈波斩浪，我只能眼看着，从不知道该如何参与其中，能否有足够的底气站在那里。我是个始终需要人推一把的孩子，凭我的惰性和迟滞，若不是机会找到面前，自己是难以迈出那一步的。

大三，来了个推我一把的人。湖南卫视的导演组到学校选人，看过同学们的录像资料后，联系了我和梦遥，还有一位师兄刘砚，导演让我们去长沙参加湖南台的主持人比赛，正式名称是:《金鹰之星娱乐新掌门》。

　　比赛未经大范围的公开海选，而是导演组兵分几路，搜罗来了十数个年轻人作为选手。每天不分昼夜地排舞、练歌、背词，一场场比赛精疲力尽，却也让我们飞快成长着。休息的时候，我就在湖南台h形大楼里的走廊上踱步，抬头看看墙上挂满的主持人照片，何炅汪涵李湘谢娜仇晓李锐……一边幻想着如果一切顺利，我的照片有无可能也出现在墙上？不必太显眼，有就行，哪怕……哪怕是在一根不起眼的柱子上。心中有目标，脚底就充满了力量。我也因这比赛，第一次登上了《快乐大本营》的舞台，在一出舞台剧里，出演了个小小的人物。要知道我中学时许下综艺主持人的心愿，似乎就是因为"快本"这个节目吧。很少有人记得这比赛，我也并未得到留在这里的机会。但这个助长过我主持梦想的地方，还是在我成长的历程里，留下了不浅不深的一笔。

　　参赛的脚步未曾停止，接着，是北京电视台的主持人大赛。规模大得多，历时也长达一个多月。在国家行政学院的大院里封闭训练准备比赛，每日的应战训练，繁重而紧凑，重复却也偶尔有趣。大家心照不宣，各怀目标各执理想或野心，合作着也竞争着，为了同一个终点——北京电视台主持人。比赛在不远的北京电视台，一场场录制、晋级、淘汰，我都忘记了自己拿了什么名次，一定是不怎么样，或者只是个安慰的鼓励奖，终究不是太好的结果。唯一可提的收获是，每个人都被分配到不同的频道，我去了生活频道。还记得吗？那时候北京台生活频道的口号是：生活就是这个样儿地。在电视行业还未被网络挑战的、最后的狂欢岁月，它的明亮着实耀眼。

但我在这颗耀眼星球上，最难以发光的角落。我所在的节目是汽车类的，节目小有名气，叫《我爱我车》。直到今天，我自己有了车，它对我也只是个交通工具而已，谈不上兴趣，更无从热爱。车与我的距离，恐怕它自己都开不过来。

我完全不懂车。

硬着头皮做了一段时间，出外景、配音、整理稿件，但想成为它的主持人？

看不到任何可能性。

还没等我放弃，制片人编导就先放弃我了，像是发现了彼此不合适的恋人，没有谁先提分手，只是渐渐不联系了。

比赛没有所谓实质性收获，也远未达到目标，但究竟什么是"收获"呢？眼下的得失进退，还是长久的波及影响？抱着万事皆有来由的想法，去回望来时路便能发现，每一次分手，都是为了下一场相遇；每一声再见，都是为了对下一段旅程说一句：

你好。

没有对象的"对象感"

这段比赛经历最大的馈赠应该就是和董丽萍师姐的相识。现在董师姐是央视中文国际频道的新闻播音员，但那场大赛之前，她一直在一家公司里兼职。印象中是大赛给了她在北京电视台实习的机会，而因时间冲撞，她不得不辞去在那家公司的工作。老板给她的要求是：走可以，但得找个人替你。

师姐说：你去吧。

工作的地点在中央电视塔，和中央电视台一字之差，我们经常开玩笑说：有人问你在哪工作，你就说中央电视T，让他尽管去猜，哪个"T"。可能很多人都难以想象在一座高耸的尖塔内，居然有那么多的设施和企业，比如顶层的旋转餐厅，比如地下的电器商场，还有位于塔中的我们。那时的我已经被各种大赛和面试削平了棱角，大概已经认清了所有这些过程的本质，更看清了自己到底有多少分量，所以在移动电视的日子并没有太多躁动，唯一祈愿的就是在这里不出问题，好好干下去。

常规节目以新闻为主，从一早的晨间新闻，到夜里的晚间播报，贯穿一整天。但总归不是大体量的公司，无法做到每一整点的直播，所以往往都是这个点直播，下个点重播。大四基本没课了，我也有充裕的时间去上班。每一天，我从北京最东头的传媒大学出发，坐上728路公交车，一路横穿北京城，经过王府井、天安门广场、西单、军博、中央电视台……这一路上，有座了，我就通常坐在车里右侧的座位，天气好的时候，映着蓝天白云，天安门城楼格外的美，而车刚过军博时，抬头看去，央视那高高的蓝色大楼，那么近，却又那么遥远。

最后到达很西边的公主坟，从庞大的新兴桥下走过，一路向北，走向新一天的工作。

在移动电视实习的那些日子，我怕是永远不会忘记，它印证着我青涩时的执着，也映照着我成长后的泰然。

那一年的某一天，北京秋高气爽。当直播结束，我坐在公交车上，摇摇晃晃一路回学校，却未曾像同路人一般昏昏欲睡。上车第一件事情，是看公交车上的电视屏幕。只要电视开着就有戏。如果上早班，我通常从清早直播到中午那档，播完下班。上了公交车是下午1点，正好开始重播12点的新闻。起初我还有些羞涩不敢直视，生怕别人认出来会指着我说这孩子不就是电视上那个吗？怎么还自己个儿看自己个儿呢？但残酷的是，从来都是全车厢里，只有我，会抬起头默默地看着那一小方荧屏。车上的其他人，或是目视前方面无表情，或是望向窗外若有所想，就是没有一个人，哪怕偶尔抬头看一眼，看看这电视上都在放着什么。

就这么来来回回，每天上班下班，车上有时无声，有时嘈杂，但唯一不变的是，那台移动电视，永远是那么安静。公交上信号没有那么好，车上的广播还要报站，在大部分的时间里，电视里只有画面，没有一丝声响。所以也难怪乘客从不注意，就算偶然抬头一瞥，只有我在画面里，说着无声的语言。

那时候，移动电视还没有进地铁，在我毕业以前，它就那么一直在公交车上无人察觉地播出了一期又一期。而我就那样从五味杂陈的心情，慢慢习惯也不再介意，只是仍旧独自一人看了一次又一次。

到现在，移动电视还在北京这个偌大的城市里存在着，在每日繁忙依旧的公交车和地铁上播出。离开移动电视很多年了，有时怕堵车会坐几趟地铁，移动电视的信号看上去没太大改进，在站与站之间因信号弱，主持人脸上铺满了马赛克。

屏幕上的那个人也许像当年的我一样，正坐在此列地铁的某一节车厢里，满怀期待等着看自己上一段新闻的重播。他更渴望着旁人关注的目光。这样的目光，哪怕只有一对一双，对于年轻的主持人来说，甘之如饴。

那段奔波于北京东西两头的经历带给我很多，甚至比眼前的各种舞台都还要受用的经验。那时候几乎不会有一家专业电视台会给一个大三的学生直播的机会。直播这事儿真的很练人，它约等于你大学所学所有知识的总和（前提是扎实的专业基础，否则一切也白搭），这种飞跃相当于把一个工人学徒一下拉到了高科技的现代工厂，一切都是新鲜的挑战。起初必是手足无措，但提升的速度是飞快的。一边播着新闻，一边算着时间，耳朵里听着导播的指令，眼睛里还要释放出轻松的神色，久而久之，手眼身脑嘴形成默契的肌肉配合，之后你才能把灵魂注入进去。

前段时间《新闻联播》的几位主播来《开门大吉》答题闯关，我看到他们感慨颇深，要知道在我的学生时代，海霞、康辉第一次出现在晚间新闻里，我惊讶于原来新闻还可以这么播：落落大方面带浅笑，两手不再是僵硬地放在桌上，而是一手抵着桌边，一手轻抚稿子。连肩膀不平齐,略带倾斜的坐姿看着都舒服极了。播读新闻稿的同时脑袋频频晃动，最重要的是声音和语态，似乎他们此刻，在我眼前，只对我一个人说着话。

我告诉海霞、康辉两位，我当年就是看了他们的播音，才立志要当一名新闻主播，甚至寒暑假在家看新闻时，我雷打不动的一个习惯就是跟着播音员念诵出他们说的每一句话，每一个字，反复练习。我的终极梦想便是有朝一日能坐镇新闻主播台，哪怕活得日夜颠倒，生死疲劳。

所以在移动电视播新闻时，我就是以植根在我体内的他们的风格，作为对自己的要求。最要命的是我居然也习惯了播完稿件最后一个字之后，头和眼神自然摇向右边，那里有监视器。这动作帅极了，你大概也能看出来，我是借此在显示自己的自信和松弛。这个过程我在宿舍里反复练习，直到整个过程行云流水，让人看来这位主播胸有成竹，心里有底。

心里有底这件事，不是看几页教科书就能心领神会的，它需要时间，需要不经意间的长期积累。无数次的重复过后，当有一天你自己舒服了，观众也就舒服了；你自在了，你的播报也就解放了。

在移动电视的这段经历给我最宝贵的收获，是面对镜头时的坦然。甚至更多时候要学会把镜头当做一个活生生的人来看待。如何对着冰冷的镜头说"人话"？这事乍听起来是句废话，但当它真的成为一份工作，未来数年的日子里，你将终日面对着一圈黑洞投入感情，你就知道将它一以贯之并不是那么容易的事了。

对象感有多重要呢？

在校园里主持任何活动，下面都是满满一个礼堂的观众，所谓"对象感"只会多得让你喘不过气来，但所有热爱舞台的人都知道，没有比面对无数双期待的眼神和频频点头的观众，更让一个说话者兴奋和过瘾的事了。说话者只要和观众的气场接上了，连通了，彼此之间的默契就能迅速建立起来。这时候对象感其实是相互的，它就像一缕温度刚刚好的气流绕着整个会场流淌，观众的反应给你足够的信心，哪怕上场前大脑一片空白，只要你一张嘴，就根本停不下来。所以至今我最热爱的永远是全国各地各个大学的礼堂，和那里的同学们，他们简单、纯粹、不装、不世故，像海绵，渴望交流、吸收。好的观众难能可贵，他们会让自己变得更饱满，更有趣。

但是彼时，情况有所不同。

现在让我们把视线拉回到坐落于北京西三环中央电视塔内一间小小的演播室里，少年面对着孤独的镜头，摄像大哥通常也都是把机器架好后就不见人影了，他确实也没必要守在那里浪费时间，但我唯一可以面对的人类，也就只有他了啊。所以现在你们该充分理解我想要表达的意思，也能更好地体会一个主持人被剥夺了观众后，激情全靠一口仙气的感觉了吧。想象在你的面前，穿过镜头，有千万双眼睛在看着你，等待你张口说出第一句话，他们会对你的语言有所反应，只是你看不见而已，他们竖起耳朵等待你磁性的嗓音穿过他们的耳膜，等待今天的头条新闻，和此刻北二环的车况以及西直门桥下的拥堵程度，你只要张口，全世界都在听。来，张嘴，说：

"观众朋友大家好，欢迎收看北京移动电视新闻资讯，先来看第一条⋯⋯"

这种想象力，对我很重要，因为我知道在现实里的这一刻，在北京的公交车上，随着车子晃晃悠悠的乘客们，几乎不会留心我的存在。

原来所谓对象感这件事，不仅是一种想象，更是一种信仰，而已。

我一定要被看见吗？如果我一直都是这样一个没有人看见的主持人，我的价值在哪里？我还要继续这样一份工作吗？没有对象感和没有观众，是两件完全不同，又彼此关联的事。没有观众并不阻碍创造对象感；但没有对象感，注定难以获得观众。

前段时间，因疫情暂缓，我们恢复了录像，但为防控需要，现场无法有观众参与。习惯了在成百上千的观众欢呼掌声中出场，我和朱迅都有些担忧，没观众冷场怎么办？尴尬怎么对付？然而音乐响起，我们如常出场，因离开此方舞台太久，我们多少都有些动情，一段情绪饱满的开场白过后，我们走下台。相互对视一眼，发现彼此的眼中都有泪光，太久没录像了，太久没见过观众了，但除此之外，我们共同的感受是：这和平时没什么两样。依然激情、火热、从容、松弛。我想，最重要的便是，经过多年与观众的相处，他们早已植根在我们体内和意识深处，不是假装有观众，而是他们就在那里，并非假装有对象感，而是对象早化在心里。

回到那时的我，还远未把观众装进意识深处，只是急于被无数南来北往的眼睛发现和关注。别急，也许就是在这偌大的城市

这是我唯一一播新闻的工作经历,我想让康主任看看,没把我分到新闻频道,是他们的损失。

里，在哪一节车厢，哪一辆公交车中，也许恰好就有那么一双眼睛看到了你，记住了你。他可能改变不了什么，但只要有人看见，那这一双眼睛，就是对象，就是观众，都算数。

　　学校里的一次小小的活动，站在了小礼堂的舞台上，继而大礼堂台阶也在眼前徐徐延展，你永远无法知道，坐在台下的哪一位观众记住了你，进而在某一场比赛的名单里，赫然出现了你的名字。也许一次次的尝试都失败过，但人与人之间的际缘在你茫然不知时，默默接合、通电，你的形象和声音便出现在一个你从未想过的屏幕上，它兴许和你期盼的大平台相去甚远，但在千万双眼睛的注视下，可能冥冥中，就有一道视线将你定格、抓住。

　　然后，电话响了。

04 | 你确定吗?
GREW UP OVERNIGHT

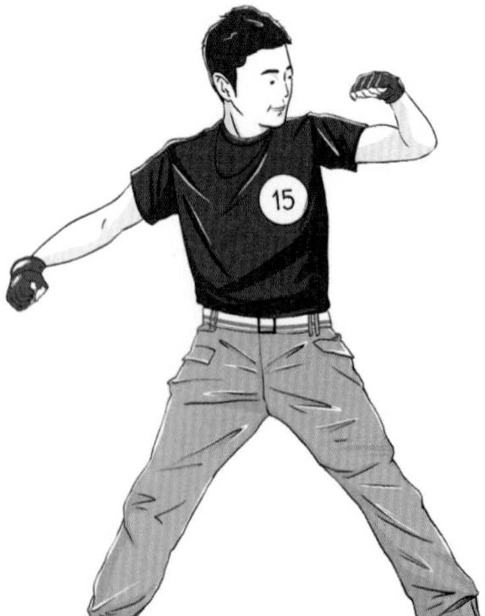
15

游子的宿命，就是时刻保持助跑姿态

"是……尼格买提吗？"

我至今还不知道给我打来电话的人到底是谁，只依稀有印象是广院的一位研究生师哥。他问我最近在忙什么？有没有哪个电视台来校招把我挑走的？

大脑顿时呼呼地翻页，大四上学期了，学校基本没课，大家都忙着到处投简历，个个竖起耳朵打听几大卫视的动静。江苏电视台来过学校，看过我们班同学的资料，最后不知道联系了谁；北京电视台《每日文化播报》也来过，挑中了刘婧、吴乐冶和汪洋，他们最终也如愿成为了北京电视台的主持人；梦遥通过前文提到的北京电视台主持人比赛，进入生活频道实习，不负努力，她也开启了在那里的工作；其他几大卫视来没来过人就不知道了，反正没人联系过我；北京电视台新闻中心倒是叫了班里大部分同学去考试，我也在列，几轮面试和试镜都很顺利，听说有领导觉得我还不错，留下来的希望很大，听说而已，但最后还是落选了……

那是一个有些失意的阶段，因为在学校大小舞台风风火火惯了，各种比赛也没少参加，实践基础打得还算扎实，新闻播音和文艺主持成绩也不差，比赛的表现也算不俗，可就是和林林总总的那些机会擦肩而过。湖南卫视没留下来，北京电视台也没下文，还专程去过上海，在东方卫视的《娱乐星天地》试过镜，也因为种种原因失之交臂。我突然找不到方向了，那有点良好的自我感觉，像被一根根抽出木条的积木塔一样，眼看着就要轰然崩塌。

有一次小课课间休息，鲁景超老师劝我："你就应该回新疆台，将来走仕途，可以当台领导啊。"

这话说得我更无地自容了，自我感觉是良好，但我残存了一点自知之明，我哪里是那块料啊。回新疆当然好，那是我成长的地方，对故乡的眷恋在四年的大学时光里，一刻都没有减少。我是班上离家最远的孩子，最羡慕的，一是北京的同学，坐个地铁就回家了，二是东北的同学，坐火车也就几小时。但我家，三千公里，火车来回96小时，飞机票往返两三千元，家越远，就越牵绊。

有一年暑假，在西站排了半天都没买到票，又舍不得坐飞机，只好失落地坐在台阶上，无助、沮丧，真希望一夜长大，恨不得成长的速度能再快一点，好早日毕业工作赚钱养家。那时也想过回新疆算了，生活得轻松而满足，至少不用把自己投入北漂大军，为一张火车票自寻苦恼。

但我也清楚地知道，11岁第一次离开家到了上海，从火车站走出去的那一刻，我就已经摆好了助跑的姿势，我迫不及待地想要从站台奔跑到外面的世界去，游子的宿命仿佛在最初就已落笔，若是从未看见广阔的草原也罢了，但既然看到了，就已在心

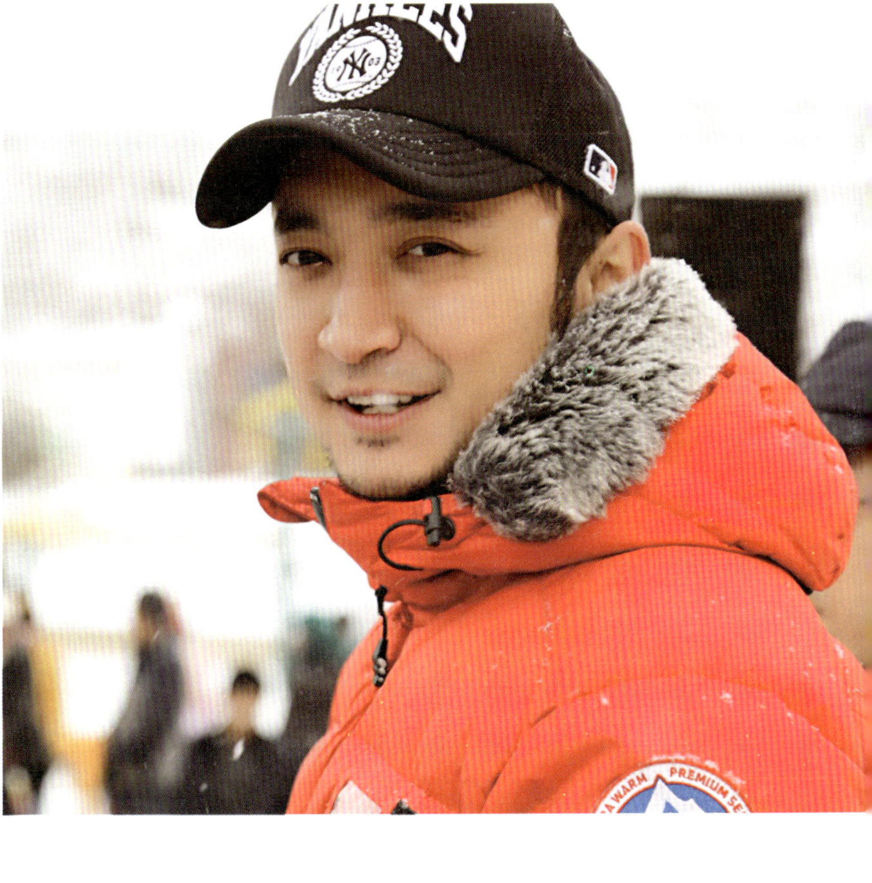
PREMIUM

中生出狂奔的因子，这事是没有退路的，不可逆的。

回家的选项，被排除。

师哥在电话里继续说道："前段时间看过你在学校里的主持，台里在办一个比赛，想找你来当选手。"

我不知道师哥的"台"指的是哪个台，北京的我参加过了，湖南上海都去了，难道他说的是我想的那个……台？

师哥像听到了我的心里话，自己补充道："对，央视。"

"可是师哥，我们班正准备去参加央视的校招。"

"不冲突，我正好在《开心辞典》实习，他们在找男主持人，你可以去试试。"

考进央视总共分几步？

央视校招，以往年年都有。不少播音员主持人前辈都是通过此般，最为正规的渠道进台工作的。校招是最直接最稳妥最踏踏实实的敲门砖。我班在毕业前全员增至74人，全班同学加上同届研究生一起去考，虽然不到百人，但真正录取的可能一二，可能为零，不像通常的比赛，一二三名总把萝卜坑给你备好了，这里完全不一样，某一届学生业务好能力强，一次要好几个都不成问题，某届学生表现一般的，可能一个都不要。毕竟是用人单位，还是要以能否拿来就用为准绳。老师告诫我们面试秩序极为重要，有一年一群学生在楼道里候考，打打闹闹大喊大叫，结果整个班都被请走了。我们听了噤若寒蝉，乖乖准备考试。

我们班是2002级播音本科，简称"02播本"，在招生标准上，据说当年是播音系的一次试验。播音专业的艺考，重文化更重专业，专业说白了，首当其冲自然是考生形象，干净得体落落大方，相貌端正仪表过人，然后再来看专业素养能力基本功。但我们那年招生时，是以高考分数和文化成绩作为更重要的衡量标准的。从未求证，但环顾四周——我班动辄各省前几名的；形象不算出挑，但逻辑思辨强，知识储备足的；全班高矮胖瘦品种多样，但性格大多老成踏实——就可见一斑了。

中央电视台的笔试相当于又高考了一回，语数外政史地，但这也没有面试让人心悸。

我永远记得我第一次走进的那间会议室，长长的会议桌，老师们在那头，我在这头。一抬眼：李瑞英、罗京、白岩松、朱军、徐俐……这场景很魔幻，对于一个20出头的大学生，在一间不大的会议室里，所有这些你从小在电视里看到的人，活生生地坐在你对面，仿佛你身处一个极不现实的空间，一座万神殿里各路大神会见一个普普通通的人类。大神们抬头看着我，他们头顶光环，面无表情，终于有人微笑问话了，万神殿里人类渺小得可怜，但面对大神他必须挺直腰杆，从容应答。人类逐个回答问题，努力望向他们的眼睛，试图从中找到一丝肯定和认可，一旦察觉某位大神表现出些微的兴趣，便有如神助般大胆地说起话来。逐渐地，大神们开始认真打量这个人类，低头认真在案上打分、写字。

人类这才安下心来，大步走出了殿堂。

之后的几轮面试，一起去的同学越来越少，直到最后那一次，就剩十几个人了。

这一次我照样打开了面试间的门，和前几次不太一样的是，这次里面黑咕隆咚的，只有主播台上方有灯光，仿佛带着一种隐喻：

"来吧孩子，这就是你梦想的地方，你看，它在发光呢！"

在黑暗中，我隐隐约约看到两排座位上坐满了人，这回已无法认清谁是谁了。这倒让我放松下来，按流程，先自我介绍，再播报一段新闻稿，最后是自备节目主持。因为主播台施展不开，最后这一环节，我竟"犯规"，擅自绕到主播台前，抡圆了抻开了，把自己准备好的内容完完整整地展现完毕，鞠躬、致谢、走出去、关上门，呼出一口长长的气。

后来才知道，那两排人，有一排是著名主持人们，另一排全是台领导。

没看清，挺好。

前两天妈妈整理我的东西，翻出一张有点磨花的纸，这张纸她珍藏了十几年。（确切地说，所有关于我的纸张、奖状、报纸、杂志，爸妈两人悉数收藏。）纸上的文字来自央视国际频道的著名主播前辈徐俐老师的博客，爸妈当时打印下来恭敬地收起。这篇博文恰好是我去面试那天她写下来的，多年之后再拿出来，别有一番滋味。这段话虽不是她当面说给我的，但在博客里看到后，给了我很多信心和鼓舞。我当然没有徐老师说的这么好，但有一句我挺认同的："很少看到有考生在这个时候还能如此松弛。"我清楚地知道自己身上不多的优点之一，就是松弛。

松弛是一种被忽略的力量，字面上毫无攻击力可言，但它能让你在关键时刻舒展和绽放，对综艺主持人来说，从心态到状态，从思维到想象力，真正打开自己是多么宝贵而难得的体验。它不是让你轻松得飘到天上去，而是让你体内机能、智能、动能、潜能，全部释放出来。就像一张揉成团的报纸，只有将它一点点展开铺平，你才能读到上面的清晰的文字。人在面对重重压力时，也会如同一团纸，你根本无从知晓上面的文字有多优美，遣词有多精准。只有把自己捋顺了舒展了，胸腔挺起四肢伸开了，心态拿平姿态放稳了，真实的水平才能呈现在人们眼前。一个主持人，因松弛而绽放，因绽放而富有魅力。我的松弛自然地就在血液里，它来自我生长的那片土地，来自新疆人骨子里的天然和热烈。而日后我将如何不埋没它，如何控制它并用于工作，这是个长远的且需认真琢磨的事。

徐俐老师博文的最后一句很有意思：

"星期天，还得去考场，王小丫《魅力新搭档》北京赛区的海选开始了，自然又是累。"

巧合的是，徐俐老师将要参加评选的这场海选，刚好就是师哥推荐我去参加的，彼时已考虑再三，我决定去试一试。

人生是道选择题,但它没有唯一正确的答案

师哥给我打来电话,推荐我去参加这比赛时,我还不知道它有个正式的称呼叫《魅力新搭档》,只是一个多月前寒假在家时,妈妈偶然看到报纸的一角有一条篇幅很小的新闻,中央电视台《开心辞典》栏目选拔男主持人,说你可以去报个名。

"妈,你仔细看他们的选拔要求:男主持人,经验丰富,成熟睿智。我除了是个男的,连个主持人都不算,你想让我去当炮灰?"

妈后来再也没提,直到师哥推荐,同学刘艺也报名了,我才硬着头皮,抱着试一试的心态,跟着刘艺去海选了。

这句话听着有没有一点熟悉,听多了还有点讨人厌:"我是抱着试一试的心态去的""我是陪朋友去考的,没想到就考上了",我们常常听到这样的表述,我以身试法,亲身验证了一下,得到了这样的一种感受:绝大多数抱着试试看心态的人,几乎不可能真的云淡风轻,往往需要用淡然的托辞去掩盖自己的欲望,也适度降低旁人对自己的期待,以便不成功时全身而退。每一次尝试,我何尝不也是抱着"试试看"的态度,但我很清楚自己心里那冒尖儿的欲望,它撺掇我去尝试,期待着最好的结果,但理性也逼迫我要同时抱着最坏的打算,这无可厚非。而那些陪朋友去考的人,我从来不相信他们纯粹只是陪着去而已。人大多自知,对自我的认识和大众的标准不会相差太远,所以你陪朋友去,究竟是你有七八分把握,还是你甘心当陪衬,在心里也是有过掂量的。虚伪的话可以说,按傅首尔的说法,

这也是在维持内心世界的秩序。

我总是容易扯远,但好在还能把自己拽回来,扯出去的部分,也跟现在聊的内容相关,就权当是和朋友们围炉夜话吧,和你分享我成长的点滴细碎,究竟是什么样的机缘巧合,引领我,成了你现在看到的样子。人的命运线,常常不由自己。这个世界人与人之间彼此牵连,他人的一次选择,往往也能改变你的行进路线。

从小看《开心辞典》,现在的年轻观众开始慢慢淡忘了这个节目,但在那个年代,提到它,提到小丫和佳明,几乎无人不知。他们是益智节目的高峰,他们像是标志性的,拆不散的,早已符号化的主持搭档。两个人在某种程度上,也代表了那个综艺狂欢的时代。每个周末,他们仅和我一屏之隔,但那个距离远得超乎想象。直到大三的某一天,我和他们有了第一次近距离接触。

还是因为黎志。当时尚在巅峰的《开心辞典》,按照万物盛极必衰的定理,已开始呈现疲软的态势,节目急需改版。黎志被导演组里的同学拉去当选手,录制改版样片。他叫上了我和那个和我同样用"西门子2118"的女孩去充当他的亲友团。

录制是在北三环的农业影视中心,第一次走进《开心辞典》的演播室,第一次坐在观众席里,第一次亲眼看到相隔仅十几米的小丫和佳明,我兴奋不已。这就是《开心辞典》啊,能坐在这儿,当一回观众,也算是圆了个小小的梦。我看着导演们呼来喊去,忙不迭地准备录制,看着小丫款款走出,和佳明默契互动,身在其中,妙不可言。我喜欢这种气氛,喜欢大家忙忙碌碌地为一个节目做着努力，喜欢空气里流淌的职业感，和属于电视工作者的专业氛围，在这个火红的综艺旗舰当中，我是一粒小小的沙，没人看得见，但早已深陷其中。

录到一半，设备出了问题，停场检修，导演怕冷场，便招呼亲友团表演节目为选手助力，黎志把手一指，我便没了退路。我心里直打鼓，紧紧张张地走下来，似乎听到自己的心在狂跳。别的才艺也没有，只好拉着女生一起跳了一段新疆舞，观众席掌声四起，我便没那么紧张了，拿过递给我的话筒，开了个玩笑，说了些鼓励，便回到座位上了。就是这两三分钟的互动，被导播间的一个人看在了眼里。

她叫郑蔚，《开心辞典》的创办者，制片人。

节目录制结束，走出影棚，黎志告诉我一个他在节目组里听到的消息：佳明要去美国留学了，男主持人的位置空缺，节目组在紧急寻找他的替代者。

寻找无果，便有了那一次轰轰烈烈的比赛：《魅力新搭档》。后来发生的一切也便有了答案，妈妈在报纸上看到的招募启事，在节目组实习的师哥的推荐，陪黎志参加的样片录制，看似无关的几件事实则暗含线索：我因一次"加塞"的表演，被制片人看见，她指派师哥找到我，撺掇我参加比赛。因缘际会，因果相继，冥冥中有一股线，指引我，牵着我，去走向一种未知，一个新的未来。

如同我之前所说：

总会有人，看到你。

《魅力新搭档》举办的 2006 年,是《开心辞典》的巅峰时期。这档节目和这场比赛在当时的关注度是极高的，媒体争相报道，热度完全不亚于前段时间的主持人大赛，以它"只选男主持人"的特征，堪称一场 2006 年的男团选拔。我最终海选入围，正式进入了比赛的进程。

　　一天晚上，过关的三十个选手齐聚，对手之间正式见面，比赛的帷幕，这才徐徐拉开。那间会议室里，坐着三十个男人，其中之一将是未来小丫的搭档。但彼时，谁也不知道会是哪一个，所以气氛有些微妙。放眼望去，其中有不少是观众熟悉的成熟主持人，北京电视台的赵普、李晓东，广东的宋鹏飞，以及后来慢慢熟悉的那些名字：来自上海的韦翔东、健身教练满足、大连的孙天笑、歌手肖飞、清华的舒冬、师哥何岩柯、戏曲学院的齐冀、范冬、黄科伟、朱其民、刘珉宏、万俊、张锋、史超、陈旻、李玮琪、陈光、卢迪、王兵、黄子腾、邵亮等等……现在回忆起这些名字，充满了并肩战斗过的乐趣和情谊，但那时坐在人群中，我却希望把自己缩得无限小，这场合让我浑身难受。

　　从小到大，每一次需要去融入一个新的集体时，我就总要经历一番不自在，和一段漫长的尴尬期。我的本心，本能地排斥新群体，更别谈在他们当中去显山露水了。看看他们：或招呼左右，或热烈交流，每个人仿佛都在各显神通。他们说得越多，场面自然显得越轻松，但恰是这种属于他人的放松感，让我仿佛置身于强大的压力场中，所有的声音就像从另一个时空传来，在我耳边

这才是，兴风作浪的哥哥。

嗡嗡作响。一屋子的人，我却感到巨大的孤独与失落。我似乎已经可以窥见，来日里，我将被他们无情碾压，内心深处那个自卑的孩子又冒出头了，一种想法开始蔓延，开完会走出门，我就作了决定：

跑。

这不是人生中第一次逃避了，我是一个鸵鸟属性的人，遇到难堪，遇到难题，遇到无法面对的挑战，首先想到的不是怎么解决它，而是欲图消极地躲开。走开了，问题虽然没有得到解决，但至少我不用去面对它。我从不愿推自己一把，即便是推，也是向后，绝不向前。如果不是一路各种力量推着我向前，我绝无可能走到今天。我怎么都像是一个被绑在战车上的孩子，在父母和旁人的强大意志中，轰隆隆向前。我的斗志是别人给的，不合身地穿在身上。我会常常审视自己，无论是独处的时候，还是在工作当中，我能越发地认清自己平庸的本质，一切光环都是精雕细琢出来展现给别人的。时间越长，平庸的马脚就露得越多。

所以在他们所有人，发现我完全不适合这一场比赛，且根本没有资格和他们同台竞技之前，在一切无聊和平凡，短处和紧张暴露之前，在我有限的能耐消耗干净之前，赶紧开溜才是上策。于是在散会之后，我打了一个电话给我妈，又打了一个给郑蔚老师。

事情的结果是，郑蔚老师约我吃了顿饭。

那是我们当时和接下来的日子里，唯一单独吃的一次饭，后来便再也没有了，很多年后我才知道，她能腾出空来，专门选个地方吃顿饭，是多难得的一件事。吃饭是在紫竹桥的香格里拉，开阔明亮，装潢考究，比我高中时在乌鲁木齐吃自助餐的海德酒店高级得多。我记得她在一处明亮的靠窗的位子等我，桌布白得发亮，银质的餐具强迫症似的摆放整齐，她亲切地和我聊理想和未来。她问我对现在的状态满意吗？我说当然满意啊，移动电视每个月给我四千多，毕了业转正了肯定还能更高，最重要的是工作稳定还解决户口。我没注意到她当时听完这番话的反应，但很多年后的一次聚会上，她笑着回忆起那一次的谈话，说："当时我都懵了，这孩子想啥呢？这么好的机会摆在眼前，真傻假傻啊？"

但无疑，这是我最真实的想法。宁愿守着眼前的安全感，也不愿意去踏足危机重重的挑战，即便前路光芒万丈，也无法扔下怯懦，去寻求新鲜的刺激。

更何况，那时候的我，在移动电视的工作真的已经相当之稳定，收入可观，老板确实答应解决北京户口，虽然每天早出晚归很辛苦，但能出现在一方屏幕上，无论这屏幕位于何处，即便它只是在嘈杂的公交车和地铁车厢里，只要能有人听见我说话，顺便抬眼看到我的模样，足够。

那时，三十个选手的名单已公布，只要一人退出，就还要再费周章地补一个人上来，这是制作人和节目组都不愿意走的回头路，但她没有再多劝我，想必是真的放弃了吧，我想。

见我环顾这精致气派的餐厅，她随口说了一句："我们跟佳明经常来这儿吃饭。"

十几年前的这一句，我记得无比清楚，若我以庸人之心，对这句话妄加揣度，大致意思是：一次选择，将决定你未来的人生。选择留下，你将有三十分之一的可能性，成为未来的佳明。在这样的地方吃顿饭算什么，这将成为你的日常。

我有没有在内心深处被这样的未来所吸引？那种光鲜的、不为生活所困的未来，究竟有否打动我？当时为什么最终选择留在了比赛中？是被爸妈鼓励而获得了勇气？是被那个至高的综艺舞台诱惑？还是单单只是被那一句"我们和佳明常来这儿吃饭"而撬动神经？过往的事实可以追忆，十几年前的心境，已无从找回。但有一点是肯定的，随着成长和成熟，我越来越多地拥有了选择的机会。

人生是道选择题，且是无法涂改的那一种。工作了多年后，有一天开车在新兴桥下准备拐弯去台里，等红灯的间隙抬眼看到一个背包的男孩儿，钻出公主坟地铁站，驼着背穿过马路，尽管当时正是早高峰，地铁里一定极其拥挤，但在他的身上，几乎看不出任何狼狈，头发服帖得一丝不苟，行走的路线熟悉到脸上浮现出了一些淡漠。他过了马路朝着中央电视塔的方向走去。

有一种非常微小的可能性，是他在那塔里工作。和那个时空里的我一样，坐在主播台后，盯一眼镜头，看一下时钟，左手轻抚台面，右手紧握鼠标。极力掩饰不安，拼命显得放松，稍露微笑播报新闻。到直播结束，他松一口气，假装整理稿件，走出演播室。导播间里没人鼓掌，无人喝彩，也绝无可能有人竖起大拇指说：刚才那条新闻播得真棒。大家忙着手头的工作，或只是在那里发呆。他无法得到任何人的任何鼓励或肯定，即便是全北京城每一辆公交车上都播放着他的节目，那车厢里的电视也乏人问津，更不可能指望有谁能认真地去看一看他的节目。他像平常那样下了楼吃了饭，回到办公室里卷起外套枕着睡一会儿觉，这觉肯定睡不安稳，他必须保证一个姿势不变，稍微一个侧身都会让头发和妆面变样。要知道求着化妆老师补一次妆有多难，这点儿睡姿上的别扭对他来说完全不成问题。此刻是完全属于他自己的时间，做个美梦，无人打扰。

　　我的思绪像是进入了一个平行时空，在那个世界里，我退出了《魅力新搭档》，也没有被央视的校招录取，两头落空，最终安下心来在移动电视上着班。那个世界里的我，无论是生活还是内心，一定平静安宁得多，有规律得多，知道太阳几点升起，每天能目睹唤醒城市的烟火气，会认识和现在完全不同的一群人，朋友兴许比现在多，应酬肯定也不少——为了更好的生活，势必要耗费一些时间在社交上。不至于夜夜笙歌，但也常常把酒言欢。走在路上几乎不可能有人认识，我也绝不会因此而感到困扰，进中央电视台？从来都是个没有实现的美梦而已，所以当然不会觉得现在的日子有什么不好，是知足的，是喜乐的。

　　人生如果选择了 B，大概是不会为那个从未经历过的 A 而感到难过，因选择了 A 而衣食无忧也不用太得意，也许 B 的选项里藏着更多宝贵的机遇。诚然，每一次选择，会将你引向完全不同的人生，但一定没有哪个选项里藏着唯一的宝藏。幸福是多样的，有人因财富而觉幸福，也同样因此抱怨乏味孤独；有人因完整的家而幸福，但可能会面对拮据带来的困顿。这个世界没有美满，只有每个人各自不同的感知幸福的能力。生活中的某一次选择，并不是将你带向正确的唯一答案，而是指引你在自己选择的路上坚定地走下去的力量，至于它能否让你感知幸福，全在自己，和接下来的无数种选择里。

这就是选择的有趣，和无奈之处。

那就坦然面对你的每一次选择，因为它没有对错，不如先把眼下的选择完成得漂亮一些。生活最终被引向何方？由你决定。

而我，选择了留下，继续比赛。

央视大型男团选拔赛

我一度怀疑这不是一场主持人的选拔，因为比赛中真正涉及主持业务的内容并不占绝对优势，封闭训练的我们，把大量时间和精力放在了舞蹈、唱歌、打拳、戏曲，甚至说唱、排小品、练武术等等貌似和佳明的工作相去甚远的项目。我突然明白节目组的目的并不单纯，选不选得出那新搭档，似乎变得没那么重要了，重要的是如何把这比赛做成一场综艺大秀。

每一场节目我们都有开场集体舞，动不动还得来段说唱脸谱，时不常会有一些体力的展示，对很多人来说，这些环节的设置实在是难为人，好在三十个男人可谓一锅大杂烩，什么人才你都能找得到：学戏的时候找齐冀，练形体找满足，唱歌听肖飞的，演小品请李晓东帮忙，上价值看陈旻师哥，谈舞台经验得找赵普，说方言还得是孙天笑，打鸡血找韦翔东，还好没有弹钢琴的环节，不然万俊就成香饽饽了……若这是常规意义上的主持人大赛，大家必定是各忙各的，彼此之间的联系不多，那种患难与共的感受不会那么强烈，身在《魅力新搭档》的这盘大棋里，我分明感受到在重重压力之下，彼此的感情潜滋暗长。

甚至为了挖出每个人的隐秘故事，总导演刘正举老师常常集结众导演，拉着我们彻夜长谈。当时不明就里，但后来愈发明白，他们的目的是要把每一个人物刻画到极致，以有血有肉的形象，展现在观众面前。这和现在观众对主持人的"人"之属性更为关注不谋而合，你身上要有能和观众产生共振的经历和情感，你才可以摸进他们的日子，贴近他们的生活，像个活生生的人。

按现在的话说：立人设。

漫长的训练仿佛没有尽头，终于有一天，兴许是为了让我们看到希望和未来，节目组安排我们和两位著名主持人见面。那是我第一次见到李咏和近距离接触小丫，会议室里坐满了人，他们微笑着走进来，像是通往外部世界的桥梁，也仿佛是象征着比赛结果的吉祥物。他们有问必答，侃侃而谈，场中不时发出众人的笑声，夹杂着咏哥爽朗的大笑，小丫永远是温情地看着大家，每个人似乎都想在他们面前露露脸，因为也许自己，就是将来和他们共事的那一个。

来为我们打气的李咏、郑蔚、小丫，很庆幸我还留着这张图，大小只有几十K，但在心里的记忆，无比清晰。

  写下这段文字的今天，恰好是 2020 年 5 月 3 日。昨晚零点，看到哈文姐发出的一条朋友圈，一个简单的花瓶里，插满火红的玫瑰，没有文字，只有耀眼的红色。今天是咏哥的生日，他如同红烈焰般的人生，和玫瑰色的爱情，给了多少人力量，又让多少颗心为之酸楚。他走的消息传来前，我正在外独自旅行，在去往机场准备回京的出租车上，看到了这条难以置信的消息，虽然工作后和咏哥接触不多，但因同是新疆人，而从小爱看他的节目，由衷因他而骄傲。每当电视里他随口透露自己是新疆人时，仿佛让全世界的目光都集中到了家乡；哈姐更是从 2 套时起就一直注目我的成长，不断带给我好消息、新机遇，助力我开花结果。想到这些，为咏哥心痛和为哈姐心疼的情绪一起袭来，车外下着细雨，一种送别的愁绪涌上心头，忍不住泪如雨下。出租车司机定是吓坏了，不住地回头看我，恐怕以为我刚刚分手要孤自远行吧。那时脑海中首先想起的，就是那第一次的见面。

这样的一场会面，给了这些疲惫的男人们，足够的信心和动力，我也因见到两位偶像级的主持人，而看到了逐渐清晰的目标。

比赛的评委不止资深播音员主持人，我们甚至能在上台后，看到一些令人惊喜的身影，比如余秋雨老师。

很久之后，我因为一些新闻报道中对比赛的回顾，才记起余秋雨老师对我的评价，但当时因为过于紧张激动，而忘记了他在现场说过的话。据现在能查到的新闻稿所写，他说："他的表演让我震撼，他身上散发出来的魅力来自新疆这片广袤的大地，是我们这个拥挤的城市里所没有的。"

我当然不大可能在比赛上真的有什么令人震撼的表演，这段是不是媒体的添油加醋也未可知，但在高手如林的选拔中，我唯一能拿得出手的特质，还真可能是生我养我的那片土地，所赋予我的真诚和天然。有些优点自己是感觉不到的，这么说有些恬不知耻，但我在某些时刻，多少能感觉得到，新疆人独有的浪漫和热烈，已在我的骨血当中。有时的确技不如人，但站在台上的一个微笑，发自内心的热情，面对挑战时的真实自然，妄图吸引全场观众的那种坚定的眼神，是爸妈给的，先天的，基因里的。在训练有素的主持人堆当中，可能让人眼前一亮。

这份特质，也是我沿用至今，并逐渐学会驾驭的一种本领。在过去，这份松弛自然是野生的，而现在，我基本掌握了如何将它与经验糅合在一起，如何让它在每一次的充足准备中发光，如何让它成为我所有技巧和能力的延伸，甚至是助攻。难就难在我已离开故土多年，离开那纯真的岁月多年，但在内心保有的那份

一场男人的比赛,
好不容易来了女生,
导演却让我们练格斗。

少年感，曾经助我一臂之力，那成功引发众人注目的赤诚感，还残留了一些。它让我拥有更多的自信，也让我看到自己体内的小宇宙，它甚至让我学会面对真实的自我。它也曾告诫我，内心的自卑不必摒除，因为自卑感从不消失，我要学会与之相处。了解自己、接受自己、发现自己、成全自己。时至今日，我和心底的自卑相处得不错，还找到了一些新朋友：自信、坚定、乐观、从容、好奇心、进取心、向上之心……

热场

比赛中，有一项是我最恐惧的，它不算入正式节目环节，也从未播出，但每次轮到我，就足以让我脊背发凉。

热场。

在一场综艺节目的录制当中，热场是必须必要的，通常有一个看似编外却能影响整场气氛的工种：热场导演。小到常规节目，大到大型晚会，无论是《开门大吉》还是《星光大道》，抑或是春晚语言类节目审查，甚至春晚彩排和直播，在正式直播或录制之前，都会有一位热场导演负责提前把观众气氛推到高潮。观众和演员的关系很微妙，观众气氛佳，演员状态就好，进而观众更加兴奋，演员愈发欢脱，因此观众席的气氛，是困扰导演们多年的一个谜，就拿春晚彩排来说，总有一个难解的魔咒：

热一场，冷一场。

比如今天这场彩排，观众反应极冷静，小品相声演员抖出来的包袱，本以为可以得到满堂彩的，但一扔进观众席里，便有如石沉大海。这种时候，我们总为演员捏把汗，观众的冷静难免不让演员心里"咯噔"一下，进而影响整体表演。他们下来也会说："这场观众太硬了，太难演了。"反之，有些场次观众会意外地"热"，随便说个什么，都能引来阵阵笑声，这样的气氛，连主持人上去说串词时，也更有底气了，台上台下热络非常，形成良性互动，晚会气氛极易达到高潮，欢声笑语，好不热闹。

气氛影响全局，整台节目的成功与否，某种程度上，观众说了算。奇怪的是，观众们像说好了似的，总是今天热，下一场一定冷，再下一场绝对能再热回来……这就是传说中的魔咒，有时大家也会打趣地算场次，如果哪一场彩排观众反应不大如人意，就有人掐指一算：好一场，差一场，直播那天，正好轮到好的那场，行了！

因此你也该明白，所有人如此重视观众气氛，那么热场导演身负的担子有多重了吧？今年有一场春晚彩排，离开始还早，我敏感地嗅出了气氛的不对劲，站在出场口探出身子一看，不好，这场观众面无表情，目光呆滞。我的脚不听使唤，明明知道这时候该做的就是好好背熟自己的台词，但看到这冷冰冰的气氛，忍不了了。正想着要不要，脚已经迈出去了。

我走向那满场的观众，音频老师当时还没来得及给我话筒，我只好钻进观众席里，一小块区域一小块区域地跟他们聊：大哥大姐，叔叔阿姨好啊，来看彩排高兴不？一会儿咱们都精神点儿啊!演员演得好得拼命鼓掌欢呼啊。台上是演员,咱们也是演员,你们不疯魔,台上的就不成活!岳云鹏是人来疯,咱得欢呼叫好啊!

我略微感觉到,我所走过之处,温度已经有所提升了,大家的目光都看向我,伸出手开始鼓掌了,我的心放下一半。说话间,导演已经快步走来,向我伸出一支话筒,带着期待的眼神,像是在说:继续,继续,看你了!我瞬间有了底气,拿起话筒和全场观众互动,开着玩笑、讲着段子、唱唱歌、聊聊天,观众席里不时发出笑声掌声,有一种感觉很强烈,这让我安心踏实,那就是:观众终于真正"进场"了。

回到后台,今天的串词,忘了一半。

我们有一位金牌热场导演,李春来老师,过去我总觉得他的热场方式略显传统,但事实证明,李老师的风格极具煽动性、感染力,如果哪次看到李老师不在现场,我已经开始会想念他了。

热场的本领,估计就是比赛那时练出来的。每一场比赛之前,导演都会安排我们轮流上台去热场,那时候我哪知道怎么跟观众交流啊。主持有台本,比赛有环节,但热场这件事,本身就是"无本之木,无源之水",没人告诉你要说些什么。我说话的功力也不如别人,那就跳跳舞吧,唱唱歌吧,实在不行动动脖子逗大家一乐,这是最低级别的热场套路。

有一天热场前,我突然想起了爸爸,想到小时候他偶尔义务主持单位活动、亲戚朋友婚礼时,在台上自信洒脱,风趣幽默的样子,他那些段子从哪来啊?他的幽默感哪找的啊?为什么他总是妙语连珠,总是能在婚礼上逗得大家又是大笑又是欢呼?后来我知道了,我爸在台上的主持,就像是现在广为人知的脱口秀,毫不夸张地说,爸爸的风格和那些美式脱口秀如出一辙。他的幽默和段子,拿人开涮又从不让人难堪的本事,他那总是一语中的、让人频频点头称是的能力,他对现场每一个人名如数家珍脱口而出的记忆,对主人公生活中趣事的再现和演绎,最重要的是,他身上那种从头到脚的松弛感,都无比接近那些时下的脱口秀主持人。爸爸让我高山仰止,也让我意识到,想当一个好主持人,先学学他。

我猜他的秘诀是:一、真诚;二、用心;三、他是伊犁人。

在新疆,人们戏称伊犁人有两个特点:幽默和抠门,好在我爸只占了第一项。小时候去伊犁,爸爸经常带我去参加聚会,伊犁人的聚会可以没有酒,没有菜,但绝不能没有"恰克恰克(qakqak)",意为幽默、段子,而"恰克恰克奇(qakqakqi)"意为讲笑话的人、笑星、幽默家。新疆最著名的恰克恰克奇,已故的幽默大师依沙木先生,就是伊犁伊宁人。无论生前还是去世后,他都受到了老百姓的极大尊重,他的幽默来自生活,因善于洞察而让他的每一则笑话都直抵人心。笑过之后引发思考,这是高级的幽默。而这种幽默,在新疆这片大地上,尤其是在伊犁,那是日常。所以作为一个资深伊犁人,爸爸的幽默与生俱来,过去我从未察觉,但随着舞台经验越来越丰富,我发觉这点基因,我还是遗传到了一些,无论是在我自己的舞台《开门大吉》里,还是主持了几年的《星光大道》上，我逐渐找到了一些门路，在恰到好处的时候，能让这点基因和潜力迸发出来，但比起爸爸，还差得很远。

没能继承爸爸的好相貌，但从小就留意他对自己认真的样子。西装永远笔挺，正式场合必定系领带，那个物质匮乏的年代，并没有阻挡他对自己的高要求，简单和得体，是他一贯的风格。除非下楼遛弯儿买菜，去儿女家做客吃饭，其他时候，我从未见过他在外不穿西装不系领带的样子。他对自己的穿衣要求如此之高，对皮鞋干净程度的要求几近苛刻，西服西裤的长短必须合体，决不允许一根头发丝偏离"轨道"，所以外人看到的永远是接近完美的他。这一点倒是和妈妈十分相配，两个强迫症生活在一起，到老也不会看对方不顺眼。

还有一件事爸爸坚持了几十年，从还是个精神小伙，就开始每天做广播体操，第一节到"整理运动"，一天不落，一节不落。即便是我们全家在外旅行，他也雷打不动地到点就做，无论是在登机口、旅游区、酒店里，找个角落认认真真做完一整套广播体操，所以如今七十多了，身板笔直，步履矫健。

爸爸脸上总带着温柔的笑意，足以吸引周遭所有人，尤其是女士的目光。他在单位颇受欢迎不止是因为出众的外表、一丝不苟的穿着，而更多的是他在工作上的严谨和投入。一旦在书桌前坐下，就稳若泰山，不被外界所打扰。那不大的书房是他自己的世界，周围书架上放满了书，桌上也摆满了文件和纸张，一红一黑两支笔，在白底绿线的稿纸上从容移动、疾书、思考，再继续

GREW UP OVERNIGHT 167

你们是我努力的意义，
请保持健康，
还有很多角落我们没去过。

写，他审阅的样书上，红笔批注满满当当，不放过任何一个疏漏和错误。直到现在，出门旅行绝对不忘的依然是那白底绿线的人民出版社的稿纸，和一本书。走到哪，读到哪，写到哪，心无旁骛，踏踏实实。

我儿时最骄傲的两件事，便是在一本本书上找到爸爸的名字，和在译制片的片头片尾演职表里发现妈妈的名字，我最初会认的两个维吾尔文词汇，就是他们的名字：

Rahman Mamut 和 Rizwan Abdukadir。

我总会想，若我有他们一半的努力，我会有多么出色。好在他们把努力的劲头分出来一半，用来催促我前进，逼迫我学习。也算是不糜费那良好的基因和一生的勤恳了。

不禁感慨，他们的人生，何尝不是一直在热场呢？

选个"小女婿"

这场选拔，爸妈全程关注，几乎每天打来电话鼓励我。我只好努着劲儿向前冲，只愿不辜负他们的所有期待。在我们三十个男人共同前行的路上，随着赛程的推进，总要面对告别的时刻。所谓淘汰的戏码每场都要上演，我们也在送别时，为兄弟流下真诚的泪水。每走一个人，我们都会像此生不再相见般泪眼婆娑，紧紧相拥。过去看电视节目里的选秀，选手们哭成一片时，我总

台上的人越来越少,眼角的泪越来越多。

会觉得至于吗?又不是此生不再相见。但当自己亲历这一切,带着过往日子里,并肩患难的共情,不舍的泪水是那么的真实。

小丫在节目中有个特权,就是在选择淘汰谁时,按下我们头顶的灯光,关掉的走人,亮着的留下。她曾戏称自己就是个修灯的。有一场比赛,我进入了待定席,意味着一旦我头顶的灯光关闭,我就出局了。在最后一刻,我的心紧到了嗓子眼儿,紧张到似乎停止了心跳,她一盏一盏地关灯,最后,睁开紧闭的双眼,我头顶那盏,还亮着,我涉险过关。现在想起来,这与相亲类节目的留灯环节竟异曲同工,很多人都开玩笑地说她在为《开心辞典》选女婿。

比赛期间,一次她经过方楼圆楼间长长的过道,碰见了敬一丹老师,敬老师问:"女婿选得怎么样了?"

小丫苦笑:"没呢,正在里头比赛呢。"

"怎么样啊?"

"不靠谱,选出来的都比我小十几岁,这怎么站在一块啊?"

敬老师大笑:"这就对了,就得拉开距离,这样好,选个小女婿。"

后来我问她为什么给我留了灯,她说,因为我们都来自少数民族地区,都有骨子里的直率和热情,我们之间有很多相似之处,对了,咱俩都是大圆脸。

有一年《开门大吉》录制新年特别节目,邀请小丫回家,我分明感觉到,我们的感情并未因节目样态的改变和长时间不合作而减少半分,甚至还变得更纯粹。我在节目里向她说:

"如果不是你拉了一把,让我有机会成为你的搭档,人生就是另一番模样。"

小丫说:"这和你的努力分不开的,做事认真,心地善良,心眼干净的人会成功。"

挺好,顺便也把自己夸了。

真正了解小丫后,她女神的形象在我心里荡然无存。和第一次在观众席里看到的聚光灯下的她不同的是,在生活中她就是个大大咧咧、无所顾忌的大少女,甚至略微有些"二"得可爱。我俩都有个毛病,就是在跟人熟悉了之后,便开始没大没小起来,至少我对她是这样,经常开开玩笑损损她,她也从不生气。朱迅也常感慨说:"小尼就有这本事,他怎么损你、黑你,你都气不起来,有时候被他说说,还挺高兴。"我和小丫就是这样,有时候录像中她口误说些带有歧义的话,就是现在常说的"怀疑你开车但我没证据",下台之后我便抓住这事开她玩笑,她知道后总会笑得前仰后合,这个梗,能成为我们回忆几年的笑料。

小丫绝不是个花钱大手大脚的人,甚至对自己有些抠,所以她很羡慕我常去动物园批发市场买衣服,我把购物心得倾囊相授,她便如法炮制去动物园买衣服了,结果商家认出来她,不怀好意阴阳怪气地说:"哎哟,王小丫也好意思跟我们讨价还价,真抠!"

共事的时间越久,我们发现的彼此共同点就越多:率性甚至有些任性,情绪容易写在脸上,但该投入的时候极其投入,最重要的是：笑得真实。

以至于一次路遇观众，她兴奋地指着我："你就是那个……王小丫的搭档，王小尼吧！"得，姐弟实锤。

总决赛那天，我从她手中接过奖牌，翻过来看了一眼：阳光新主持。

前三名的赵普、晓东也都有一块奖牌，每个人写的不一样，但一眼看不出个高低来（李晓东说他是第一，我们也就认了）。那么问题来了。兴师动众，大张旗鼓办了一场比赛，全国人民等着看谁接佳明的班，总决赛就要有最终的结果了，所以到底这新搭档，是哪一个？

有趣的是，我们也不知道，居然节目组也没有统一答案。比了几个月最后选出来前三名，导演组也是蒙圈的，到底用谁？所以这部精彩大剧拥有了一个开放式的结局，没有答案，一切交给时间。

几乎是和比赛结束同时，我收到了央视校招的最终结果，我们班招收了三个：乒乓球世界冠军杨影（退役之后进入广院播音系深造），和我同宿舍的黄锋，还有我。这就意味着我同时获得了两份工作，而且是在同一家单位。央视把我招进去成为正式职工，经济频道录取我主持节目，这两件事不仅不冲撞，还相辅相成，缺一不可。若是只被校招录取，我可能需要很长时间寻找接纳我且适合我的节目，像《开心辞典》这样巨人的肩膀定是与我无关；若只是被二套选用，那我将长期难以以正式员工身份进入央视大家庭,所谓编制和户口更会望尘莫及。所以这"两份工作",一个解决了编制,一个解决了平台,人生像开了挂一样好事不断,家人当然高兴极了,但对于我,一旦遇见常人难以企及的好事,就总不免产生担忧。

你,何德何能?如今获取的这一切,将来要付出多大的代价还回去?还记得能量守恒吗?不要为得到而得意,永远要为失去做好准备。带着得失间复杂的心情,带着每当好运降临就忧心忡忡的习惯,在冰面上行走。老天定是公平的,踏踏实实,低调做人,这样才不会在难题来临时,显得过于狼狈。

全家总动员,也是我的总动员

《魅力新搭档》在一片彩花礼炮欢呼声中落下帷幕,然而小丫的搭档依然悬而未决。

我们三人被安排先各参与主持一档节目,我被分去了《全家总动员》第二季,搭档是方琼。方琼姐是一位非常出色的主持人,没有经过科班训练,身上不带匠气,却有着天然甚至野生的亲切感,观众看到她就像看到邻家弟妹、隔壁嫂子、远房表姐般热乎亲近。方琼在台上不仅反应迅速,幽默十足,触及选手情感故事时,她还能自然地与观众共情,她在台上时而潸然泪下,时而欢蹦乱跳,真实且极具感染力。她让我第一次知道,一个好主持人,首先得看起来是个真实的"人"。观众得知道你活在这世上,行

仅凭这个站位,
李晓东一直说自己是冠军。
我们也认了,
毕竟他现在是《今日说法》的主持人。

走在人世间，能体味人间冷暖，柴米油盐。你可以衣冠华丽，但张嘴说话，你得有人味儿，让观众隔着屏幕闻得到你身上的烟火气，知道这主持人并非不食烟火，并不纯粹完美，他们才真的稀罕你。

那么我，站在一个经验丰富的、张嘴就让观众喜欢的主持人身边，第一次以主持人的姿态站在面向全国观众的舞台上，我也无奈地将属于我的"真实"呈现给了观众：

我的窘迫。

我常常直愣愣地站在方琼身边，台词记得一清二楚，但就是不知道何时张嘴，只会干巴巴地蹦出几个单字："哎？""嗯！""好的。""掌声送给他们！"

我都看不起自己。

在《魅力新搭档》，我明明挥洒自如，明明幽默自然，明明一个微笑就能吸引观众目光，但在《全家总动员》的舞台上，我突然失去了所有能力，像是被卸甲封印了一般，动弹不得。好不容易建立起来的自信荡然无存，一切都归零了。

果真是能力不足，火候不够啊，也许《全家总动员》还没主持完，我就会永久性告别这个频道，这个团队……一系列消极的设想，又在我一次次疲累而勉强地完成任务后，在深夜侵袭。登高跌重，比一直在平地前行更让人难以接受。与其这样，倒不如从未被谬赞过，老老实实地做回平凡的自己。

如果把人生比作一场游戏，那么你所面临的一次次挑战，就是打怪升级的过程。如果你突然觉得遇到的怪怎么这么难打，自

这个造型是方琼的发明,
我们在节目里展示过无数次,
她乐此不疲,我亦步亦趋。

己怎么一下变弱了，那大概率是因为关卡升级，你来到了难度系数更高的新领域。装备需要换了，实力也亟待提升。现在要做的不是怨天尤人，自我怀疑会让自己一时惊慌，无所适从。

《全家总动员》有一位导演叫张仲炎，宝岛台湾人。彼时的中国台湾综艺让人难以望其项背，大陆综艺节目紧追慢赶，团队里请来中国台湾导演帮忙是那时的流行。张导总是边大口嚼着槟榔，边指挥现场，看似轻松随意，但工作总能做得面面俱到，滴水不漏。在紧张得手脚像是都被捆住的我看来，张导有种超然的神仙自在。

对那个稚嫩、仓皇、觉得自己渺小如尘埃的我，张导总是积极鼓励，无论我觉得自己主持得多糟糕，他总会在结束后不失时机拍拍我肩膀，扔给我一句：

"小尼，越来越好哦，今天这个梗抓得准，很有趣哦。"

我那时甚至不知"梗"是什么，一脸茫然。但我知道我似乎每一次都比上一次好那么一点点，这种简单的鼓励看似风轻云淡，但对那时的我，甘之若饴。作为一个毫无自信的新人，钻起牛角尖，逐渐被情绪黑洞拉下去时，能有一个人在身边提点真的很幸运，他的一句话就足以让我茅塞顿开，阴霾消散。

他说：每一次主持，只要能抛出哪怕一个好笑的点，抓住现场一个小小的细节，让观众听见看到，甚至会心一笑，就足够了。场场完美？不可能，你还早，慢慢来。

一次发光总比从不发光要好，今天有一句说在点上，下期有两个点让观众记住,进步都是点滴积累,当时看不到,当一个时期告一段落,你才会发现自己不一样了,真的成长了。

不要去跟优秀的人比,而是跟他们学。

我开始调整目标,抛开患得患失,抛开杂念,丢下所有曾经获得的赞誉,不让昨日成为今天的牵绊和负累,不让自己陷入自我矮化的罗网,我迈开步伐,重新出发了。

05 | 离开是为了归来
GREW UP OVERNIGHT

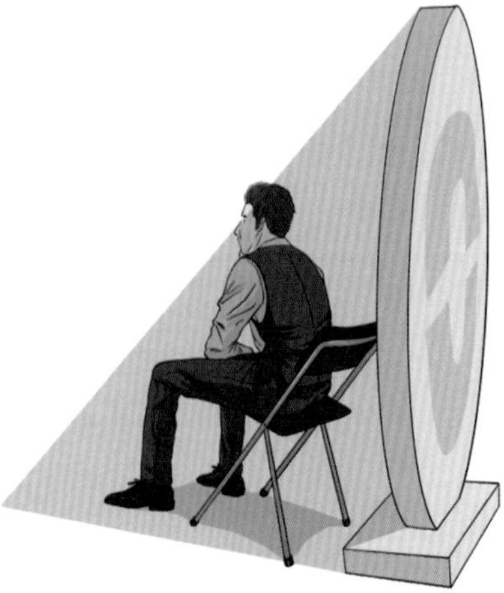

远走

  人生有很多次出发，每一次出走和归来，你都必须学会面对物是人非。世界是变化的，我们每个人也都在变，如何在每一次变化中调整方向，让自己一点点向上生长？是这个善变的世界带给我们的一堂好课。坐在驶往青海的列车上，我不免想起过去的日子里，每一次的离开，每一次的出发，给我带来的改变。

  依央视惯例，每年新入台的大学生都要远赴青海或西藏，完成为期半年或一年的支援和锻炼。2006 年进入央视的我，因节目需要，被领导几次三番拖住了出发的行程，但到了 2009 年，在台人事部门的压力之下，再也拖不住了。但冥冥中一切都是最好的安排，比起 2006、2007、2008 年的那几批，恰恰是在这个时间节点离开，成了最好的选择。

  因为在 2006 年那场喧嚣的大幕落下之后，我并未像他人看到的那样平步上升，而是进入了一个空乏而漫长的瓶颈。

那栋蓝色大楼

2006年6月,我大学毕业,因为在外地录制《全家总动员》,毕业典礼都是妈妈替我去的,她上台接过毕业证,鞠躬向学校和老师同学们致谢。我错过了人生一场重要的仪式,也从未体验过身着学士服的那份青春的骄傲。从拿到北京广播学院的录取通知书,到获得中国传媒大学的毕业证书,这个圆并没有画得足够完整。

毕业典礼后,因我还在外地,妈妈去帮我搬家,一进宿舍门,看到我们那混乱不堪的房间——被褥发霉,垃圾遍地,她忍不住掉下泪来。这帮孩子过的都是什么日子?她一个人清理打扫,装箱打包,又独自坐地铁去军博,一个小区一个小区地找房子,那时中介行业并不发达,全凭小区大妈提供线索,她居然和木樨地附近所有小区的大妈打成一片,到最后竟有人帮她找到了合适的一居室。就在长安街边上,闹中取静,挨着国防部,又安静又安全,走路五分钟到台里,每个月一千六百元,没有比这更完美的出租屋了。大热天里她又一趟一趟地往返于传媒大学和木樨地,没有任何人帮忙,也没找搬家公司,自己一个人背着大包小包坐地铁,把我大学四年的家当,一点一点地搬到了新家。

我总想如果有一天我也为人父母,我对孩子能像他们般无怨无悔、甘心情愿地付出吗?我能像他们那般顶着烈日、忍饥挨饿地奔波吗?答案是一定不能,或者说我们这一代有自己的爱的方式,但一定不会再像他们那一代一样,全身心地,宁以生命为代价地,甚至忘记自我地爱了。这让我不得不在往后的岁月里,一遍遍地想象，一遍遍地感同身受他们为我吃过的苦，以便让自己对这份爱终身不忘，甚至主动让这恩情成为我的负担，让自己像背负着巨额债务一样，时刻都思量着悉数偿还。

到了 10 月，节目组宣布由我来正式接替佳明，我也由此开始了在央视的工作。当第一次拿着进台证从东门进入，再也不用把身份证押在传达室，经过漫长的等待，拿到一张小条才获准进入了，这一流程上的小小变化，对我的影响是巨大的、标志性的，这意味着我终于成了这里的一分子，从此有了归属，尘埃落定。还记得在移动电视兼职的时候，坐着 728 路公交车经过中央电视台时，我总习惯坐在车的右边座位，因为只有那一侧，能清楚地看到央视那竖起的火柴盒状的、蓝白相间的高楼。抬头望着高楼心里涌起一丝奢望，能进去参观参观就好了，有一天成为一个外景记者如何？坐在主播台的感觉又是怎样的呢？那栋楼近在咫尺，却远隔天涯。

2005 年还在上大三的我，在 MSN 空间里有一段文字：

那栋蓝色大楼

每次不管我坐车还是走路经过中央电视台，我都不忘了抬头仰望一下这栋八十年代风格的有点老旧了的大楼。我相信很多人都会常常进行这样一种仪式，带着景仰和憧憬，去简单地膜拜它。我笑我自己太爱单纯地幻想，也许我周围的朋友知道了也会笑我不正常。因为我看上去压根也不像一个能坐镇主播台的人，但我也只是这样向往一下，从来也不奢望自己有一天能在午夜新闻里让妈妈看得泪流不止，毕竟这个世界太真实也太残酷。

梦想照进现实的一刻，并不是想象中那般欢愉和热烈的，而是恍惚。一切都显得恍惚不真实，环顾四周，镜头、观众、话筒，尤其是身边的小丫，活生生的，看起来是梦，却又真实无比。我怕我突然梦醒，发现枕在脑后的衣服还在，手里攥着移动电视的同事塞给我的路况信息，我身在中央电视塔里，所有事都只是一场梦而已。

但我一张口说话，就知道这的确是真实的场景，我站在《开心辞典》的舞台上了，小丫看着我，等着我介绍自己。在以后的日子里，我也常常感受得到身边的她，说完话带着温暖和善意看着我的眼神。她从不会所谓唯我独尊，也不刻意展现这是属于她的节目，而是对新入行的我，顺其自然地递出话口，我接过时又温情脉脉地看着。从没在她身上感到过，因为我的生涩和磕绊，而迫不及待抢过话来的焦急不耐烦，她也从未表现出对节目天然的占有欲。

很多年后，我逐渐从对语言技巧和控场能力的执迷中醒悟过来，发现观众真正记住的，是你作为人的善良。每当你身上散发出源于人性的关怀，对身边人的同情共振，你就更能俘获人心。

善良在一个人的眼睛里,我是说她。

这并非能够后天训练出的技能，而是源于我们心底里的悲悯，和历尽生活的波澜后内心世界的平和。我也能从董卿身上看到这份冷静，如此冷静的温柔，像是在你受过伤之后，一个人面色安宁地向你走来，不带一滴眼泪，不说一句废话，只是轻轻伸出手，将你揽在怀里，这比情绪的抑扬顿挫，有力得多。

然而那时，哪里懂得在刚刚出发的岁月里积蓄力量。每个月三四天的录像，其他时间流逝于对自我不满的情绪中，基本都荒废掉了。

《开心辞典》是周播，每个月集中几天把节目录好了，除了偶尔要到台里开会，一个月真正工作的时间不到一周。在节目里难以找到自我，工作外大量时间荒废，成天无所事事。我陷入了既无法干好手里的工作又渴望更多的工作，既没有能力完成一件事情又空有一身力气没有施展舞台的矛盾中。我明白了一件事：原来并不是我骄傲地挂着出入证，走进央视大楼上班了，我就真的属于这里。一个人的归属感，是由自己的内心决定的。你在一个单位、一家公司里能不断创造价值，不断提升能力，甚至每个阶段都感受到自己微小的进步，你才会找到自己属于这里的理由，否则，你的存在只是一串工作证号而已。除此之外，你和那些每天坐车经过，抬头仰望和憧憬，又身在局外的大学生，又有什么区别。

初登"辞典"舞台的我，面临着前所未有的失落感。我是在众人艳羡的目光中走进《开心辞典》的，却在自我怀疑中度过了那三年的很多日子。那是一种对原地踏步的恐慌，对于一个只是侥幸站在当前位置的人来说，这种停滞不前的感觉是很可怕的。当然，这里面有我的老朋友——我的自卑感——在作祟。有一个声音总在隐隐地说，你看，其实你根本不够格在这个位置，明明有很多人都比你强的。你真的站得住吗？

一道被过分解读的光

离开学校，离开同学，离开家，那些包围我，给我安全感的因素突然消失，即便努力装成所谓大人的样子，也难以化解我初登工作岗位时的尴尬和不安。

录制节目时，我常待的位置，是在舞台的一侧，奖品板的后面。每到该我出现，我便从那个大大的圆形板子后面，绕到前方，好让观众看得见我。选手选择一个号码，我把号码板翻个个儿，亮出相应的奖品。没叫到我的时候，我正好可以在这板后一个人思考人生。似乎喧嚣的舞台上，也只有这里能觅得一丝清静，每当我说完自己精心编排的话语，回到那个属于我的地方，就让自己陷入另一种人格，一个我只记录在内心和文字上的自己，有些阴暗和彷徨，有些消极和敏感，甚至有些无病呻吟。

一天，不知是谁在那板后，放了一把演播室里的黑色折叠椅。在我习惯性地转身回到那里时，我看到了那把椅子。我因那个放了这椅子的人，而心头一热。

从此我便常常坐在那把椅子上，在一次日常发呆时，一道光突然照下来，落在了我头顶，我抬头，光芒刺眼，恍若梦境。我试着伸手去触摸它，但它明亮的光线又冷又远，这道光像是我等待的那个奇迹，在对的时间，恰到好处地照在我身上。

本来该打向场中央的灯光，不小心留下一缕余晖，恰好照在此时发呆的我的头顶。开场时放的烟雾还没散去，空气中又飘浮着某种白色碎屑，看起来就像下雪了一样。我听不到现场喧闹的声音了。

跨过面前的这块板，还需要一些时间、很多沉淀和少许勇气。

这是我在那晚写在博客里的一段话，我宁愿相信它是这些日子里，为数不多的，注意到那个角落的一道光，我抬头看看它，心底涌起一股暖流：

"还好有你看着我啊。"

我被这道光抚慰了。虽然我也知道，那道被过分解读的光，可能是录影棚里灯光师傅调错了，也可能是出了什么故障，本该照向场中却不偏不倚照在了后台的我头顶。但它恰好在我需要的时候，不偏不倚，照亮了属于我的角落。没办法，那时候心里就是溢满各种情绪，任何小事都会被自己过分解读。

相比现在有些麻木不仁的我，那些找不到方向的日子里的我，更善于思考，也更会把情绪诉诸于文字，现在这些晦暗的文字看起来有些好笑，但我笑不出来，甚至有些怀念那个善感又文思泉涌的时间段。人生的所谓低潮，是心底的灵光最活跃的时候。如果你也恰好在自己的低潮期，那就再好不过了，这意味着你可以真正沉下自己，梳理和记录所有火花与灵感，孤独与思考，它们会增加你的厚度，让你看清自我，看到欲望与梦想，存在与虚无，这是在你衣食无忧后，再也找不回的状态。

房间里的安静好像漫长得看不见终点，时间也懒得前进，停滞下来把方圆几米的空间隔绝在世界之外。孤独袭来的时候，无论你怎么挣扎，都是招架不住的。所以只有无可奈何地委身于它，别无他法地忍耐着它，任由它肆意侵袭。

孤独的时候，才有足够的时间，好好地整理过去。回想你和爱人第一次的见面，我甚至能回忆起那时风的方向，还有她脚上鞋子的颜色，她看似专注地打电话，又不时打量我的奇怪眼神。那一天的记忆如此深刻是有原因的，它让我记住，然后在这样一个孤独的日子里，好拿出来尝尝，那年初夏的味道。

孤独的时候，才有最充分的理由，安静地沉淀自己。又是回忆侵袭，去年参加的新搭档的比赛，到现在已经差不多有一年的时间了。从一个胸无大志的少年，开始悄悄地成长，抛开不自信与不从容，把身体强行扔进大人的残酷世界里，让它有一天能淬炼成钢铁，这个过程不是我的本意，我的真面目是一个容易退却的有些懒惰的常常自卑的，小男人，可惜他到了该成长的时候，容不得半点退缩，想想推着我前行的家人朋友还有同事，我们还得继续使劲。

心灵的孤独是一个人成长的必要过程吧，学会成熟和享受孤独的人，才会有时间去思考和沉迷。每一个这样的晚上，即便是在寂寞里越陷越深，也会如同做了一场美梦一样，醒来暖流弥漫全身，其实孤独没那么可怕。

孤独，孤独，还是孤独，是无病呻吟，也是真实情绪。

重读博客里的文字，不堪回首，不忍直视，但我还是把它搬来这里，好让你看清那个极度矫情的我，因为它是我的一部分，藏在心底的那个孤僻的男孩带来的并发症。

现在回想起来，除了自己感情上的经历，分分合合的疲劳与茫然，在工作方面，当时自己最大的问题是能力和经验严重不足。《开心辞典》待我不薄，但佳明的烙印太深，他在观众和节目组里积累的好感度，让我始终觉得自己活在他的影子里。同事们不经意就会念叨他的好，我总是笑笑，时间久了，却成为心病。站在舞台上，我心中总会杂念丛生："我真的能代替得了他吗？""大家会不会早已不满我的存在？""我究竟要成为他，还是做自己？"……人总在自不如人时，将自己与强者对照，不经意地去模仿他人，误认为这是一个突破口，能让自己变得更好。但有一次佳明放假回国，来节目里作为嘉宾答题时，他兴许是多少能看得懂我的处境，在台上对我说：

"不要去做下一个谁，要做第一个自己。"

这句话我至今记得清楚，但将它践行于现实，谈何容易？

也曾鼓起勇气找郑主任聊过，她好心将我塞进频道新节目《新生活实验室》，我能做的只有抓住机会，卖力表现，效果却是尴尬无比。最终节目因种种原因胎死腹中，无缘和观众见面。我又回到了自己木樨地的小屋子，将自己继续流放于大把的时间里。

就这样，这段自我营造的瓶颈期持续了三年，终于在2009年前往青海的一纸命令中强行结束。面对瓶颈，最佳结果当然是突破它，而我彼时却无法改变满腔热情无从施展的困境，于是便从瓶颈处出溜下去，选择离开它，毫不留恋地。

青海，青海

即将开始的锻炼时间长达六个月，这六个月，既是危险的真空，又是奇妙的转角。想明白了，去青海是必然，但我内心放下一切，说服自己头也不回地离开，也是经过了一番纠缠。现在回过头来看，这段时间就像是冥冥中一种力量把我引向了方舟，将我从看似顺遂的路线上远远支开。然后它再以一场洪水彻底清空属于或不属于我的一切，待到陆地冒出海平面，再让我默默回程，从零开始。我发现这片更新的土地，将以更饱满的馈赠回报我的劳作。

西宁这座城，在我的生命里留下了一段弥足珍贵的记忆。这段时光就像是踩了一脚刹车，让所有欲望平稳降速。如同从北京疾速驶来的火车，最终缓缓驶进西宁站，停止。初春的空气像凝固了一般，干燥的清风扑面而来，这感觉很熟悉，很像乌鲁木齐午后的气味。走下列车，一切是未知，脑海中第一个想法是，熬吧，半年。

离开北京还是心有不甘，六个月的时间足够让观众忘了我了，那时没有网综，屏幕上面孔更迭的速度当然比不上现在，但消失几个月还是够久了。这意味着什么？细思极恐。既然别无他法，也只能慢慢放宽了心去适应新的节奏。

青海的节奏很简单，每天八点起床，下楼吃个早饭，和三十多个一起来的同事们打招呼寒暄，大家来自各中心各频道，有些是同时入台的，多少还熟悉，有些在台里都没有见过，但毕竟都是年轻人，投机的多聊几句，合得来的三三两两成了朋友，懒洋洋的早餐，也靠些欢声笑语激活了每一个日子。青海电视台就在我们住的酒店正对面，近到令人发指。我被分到科教部，头一天上班就像一个刚毕业的大学生去报到，但因为青海的同事们都通过《开心辞典》认识过我了，也便迅速熟络起来。

我真正想去的部门其实是新闻，从2006年毕业就已经两三年没机会坐过主播台，虽然遗憾没长一张新闻脸，但对新闻播音的热情是骨子里的，更是在播音主持学院四年的时间里悉心种下的。我们的时代应该是一个重要的分水岭，在此之前播音系的所谓正统就是新闻播音，最娱乐也不过是专题主持。

拥有新闻播音理想，在"85前"的广院人心里，是一件有温度有情怀的事。新闻频道主播们的风格也是我尽力模仿学习的方向。说出来可能不大有人信，当年我的新闻播音在班里算是位列前茅，我以为我有天赋有条件，但现实却一次次告诉我：你真的，不适合。

所以也难怪毕业前去考北京电视台的新闻主播，起初一切顺利，扶摇直上，在最后的关键时刻，意外刷下，也许原因有很多，一个朋友开的一句玩笑也许最能说明问题：你这张脸播的新闻，没人信。

但火苗是一直在的，只是鲜少有用武之地而已。现在来了青海电视台，岂不是绝佳的机会从头再来？可惜的是，我在那儿被派去做的是一档旅游节目：《走进三江源》。

那就走吧，去看一看青海。

青海很大，我用半年的时间丈量了从西宁到格尔木、德令哈、青海湖、贵德、湟源、化隆、循化、玉树的距离,从春到夏,从夏末到深秋,火车转汽车,大巴换毛驴,森林湖泊,高原沙漠,用双脚双眼,亲身感受了曾简单停留在文字上的那个:大美青海。

现在回想这一切,我很感激那个将我分配到旅游节目的决策者,这让我在青海的短暂工作,有了更饱满的意义。我看到了一个个曾经完全陌生的地方,高山远水、风土人情、酥油茶里浓浓的人情味、刻在古城墙上的深沉历史……民族与民族之间的千差万别、千丝万缕,流淌在村落与村落间的文化的河流中。甚至那些贫瘠的角落里,也清晰可见人心的富足。半年,六个月,一百八十多天,我在这里得到了某种救赎,是演播室的灯光和木榻地的小屋所不能给我的。

有一次我们从西宁坐火车去拉萨,午餐后我独自坐在餐车里,跟卧铺车厢不同的是,这里没有隔板,椅背不高,两侧的窗户毫无遮挡。火车行进在戈壁沙漠,从左后到左前,到右前到右后,旷野和蓝天一览无余。潜意识里已经忽略了车皮的存在,身体仿佛奔涌在广阔的原野上。人间真美啊,内心极其平静,视界极其开阔,像是一只在低空滑翔的鸟,贴地飞行,风沙肆意擦过脸颊,也不为所困,只是享受这一刻的自由,没有目的地,只是贴地飞行,向着一切可能性,向着未知,向着不必在意结果的选择。

那一秒钟,我知道我来对了。

2009 年的博客里记录了这些明亮的日子:

作为青海卫视《走进三江源》的临时主持人和体验者，我有幸比其他同事有更多亲近自然的机会，而每到一处景区拍摄，最让我流连的总是那里最灵动的水。

不久前，摄制组一行5人奔赴位于互助县的北山国家森林公园拍摄，壮美绮丽的山水画卷，在眼前渐次铺开，呼啸而来的山间清风，似乎让人听到沉寂在山崖深处的远古的问候。张开双臂，我能感觉自己迎风飞翔在崇山峻岭之间，呵……学了二十多年，终于切身体会到成语"心旷神怡"的真实触感。

沿山路向森林公园的深处走去，一路清流激荡，杜鹃花香。同一条溪流，却几步一处景致，不断让人惊艳。它时而激流勇进，在阳光的映射下晶莹剔透，哗哗作响，时而汇聚一处，从石崖倾泻而下，这与我曾经见到过的任何瀑布都有所不同，它极度透明，它非常温柔，如果不是顾及之后的拍摄，我真想扎进水中站在瀑布下，如醍醐灌顶，让身体渐渐融化在这清凉的蓝颜色里。

我们循着溪流向森林更深处前进，刚才还湍急的水，在另一处瀑布的上方，突然静止了，似乎瞬间停止了流动，形成一小片绿色的湖泊，因为水质的清澈，湖底盘根错节的树枝树根清晰可见，水的中央长出的一棵树，和水中自己的倒影融为一体，浑然天成，美妙至极。我们最终寻到这水的源头，名曰药水泉，传说中能治百病的泉水从一百零八眼泉眼里涌出，汇聚在一起，形成了我们一路看到的溪流。且不论它是否真有如此神奇的药理功效，单这如画的景致和微凉的山风，就足够让人身心舒畅，一路的疲劳顿时烟消云散。

你看，青海并非你想象的那样，黄土漫天，飞沙走石，她还有太多充盈着水和生机的土壤，比如青海湖。在亲眼见到青海湖之前，你了解她多少？顶多是地理课本上那一句，我国面积最大的咸水湖。但当快艇在湖中央停下来，熄灭引擎，大家瞬间沉默。这个时候你会觉得世界停止了，所有生命和呼吸都戛然而止。那一刻的极致孤独是一种难得的享受。它就像是一片汪洋，极其广阔又比海洋纯净。我想所谓最干净的不是白色，也非透明无色，而是专属于青海湖的这种蓝，它有一种难以名状的把万物吸收到它内在核心的力量。它让你迷失，稍控制不住自己，真会有投身到这片蓝色海洋的冲动……马达重新发动，一个转弯又向岸边驶去，地球恢复转动。

所以你应该懂我怎么就能在青海待得住半年多了，因为彼时，我非自己，我是另外一个人。

我喜欢我这样。

自在。

我也不是真的把北京抛到了九霄云外，我在翻山越岭间还是会想起那个遥远的地方，只是它暂时跟我没有关联，不需去考虑有无节目可做，也不用回应每一个饭局的诱惑，更谈不上去渴望任何爱情，那种刻骨的孤独在这里也荡然无存。

青海的时光，忙而不累，慢而自在。吃得美、睡眠好、烦恼少、发量多。

短则二十四年,长则三十多年的骨灰级交情,生命中能有几个?
人生海海,还好我们没有走散。

  我想起北京的无数个日夜,毕业后三年的时间漫长而空洞,别人眼中机遇的宠儿,不过是每天到家楼下不想动弹的躯壳,宁愿在车里听两三首歌再悠悠上楼。习惯了两三点睡,醒着其实也无事可做。爱情归去来,朋友倒很稳定,就那么几个从小学、初中一直好到现在的"发小"。有时耳畔喧嚣,内心空洞;有时耳根清净,内心聒噪。

  青海对我是一个解脱。

  但一切欢宴都有结局,总有散场的时候。

  殊不知在这半年里,很多事都翻天覆地,一次意外引发了一系列连锁反应,让所有人无暇顾及我们这拨"难民"。我们带着在青海满满的收获，带着一肚子和满脑子的感慨，带着踌躇满志和急切地想要分享所见所闻的心情回到北京西站，无人迎接，最终各回各家。在青海的一拨儿"天之骄子"，带着理想信念去支援西部，在那陌生的地方被同行们认可和瞩目，无论哪个人在哪个岗位上、部门里，都能凭借几年的央视经验得到同事的赞许。在西宁被盛情迎接，离开时挥泪告别。但回到北京……

作鸟兽散。

经济还是综艺，这是一个问题

回到北京，一切重新开始。忽然间我已不再属于经济频道，在刚刚完成的一次机构改革中，《开心辞典》等节目被一锅端到了综艺频道，这个彼时十分熟悉又特别陌生的平台。其实很早以前有过一次和综艺频道的擦肩，就在我们如火如荼比着赛的日子，有一天接到一个陌生电话：

"你好，我是马东。"

哪个马东？我心里想来着，嘴上当然没那么冒傻气，大概脑海里浮现出来的当然是挑战主持人的那个主持人——

"你可能不服，你可能委屈，但是你被淘汰了。"

这句话到现在都能背得出，足见当年这节目有多么标新立异和深入人心。张绍刚和叮当的唇枪舌战，不时让人脸红心跳，心里不由感慨，综艺节目居然也能这么玩。《挑战主持人》是当时的一个标杆,是主持人选拔类节目的巅峰,此后不仅再无人超越,自己也无法复制当年的高度了。然后慢慢地,这类节目如雨后春笋,再被集体收割,几乎彻底销声匿迹。

所以马东不是在《奇葩说》里突然发作的,他这样已经很久了,或者说他本就不是个可以循规蹈矩的人。当年除了那句经典,还有诸如"挑战第一番、第二番"这种听起来很日本但本就是中国表达的词汇语句。选手之间的交锋尤为精彩,后来才知道原来节目背后有个强有力的团队,日夜对他们残酷训练、无情"鞭挞",让他们在很短的时间内,突飞猛进。这样的机制,当年也算难能可贵的尝试了。

放下手机,我就前往约定的地点。那时我们的《魅力新搭档》已经在观众中引起了一波热潮,我们去动物园服装批发市场集体买衣服,已经会被认出来了。兄弟几个个性鲜明迥异,辨识度很高。我们强压自己的趾高气扬,但忍不住也难免露出些得意来。

大中午,马东老师在军博门口一辆黑色轿车里等我了。

"有没有兴趣来我们综艺主持人大赛?"

这是一场规模更大的主持人比赛,比我们稍晚一点起步,但因不限性别,也非指向单独一档栏目,是为整个文艺中心举办的大选拔,所以很多热爱播音主持的孩子争相报名,现在观众熟悉的张蕾、思思、杨帆、宫岩、顾斌等,都是从这一大赛走出来的。《魅力新搭档》起初声势没那么大,我妈当年在报纸上看到报名新闻,也只是在某版的边角,一则几十字的讯息而已。但随着节目播出,再加上密集的宣传攻势,节目火了,也带着我们三十个,火速传播。我们的上下去留，牵动了当年无数观众的神经。即便如此，综艺频道的比赛，已然带着更加浩大的声势扑面而来，不能不让人心动。

"但我这会儿正在比赛，这么离开……恐怕说不过去。"

我不大记得马老师回我什么，显然是没有再进一步相劝，他表示理解，但也让我再考虑考虑。

如果考虑后的结果是："那去试试吧"，命运之轴将会被扰乱，现今的一切理所当然都会变为一个想象的故事线，而参加了综艺主持人大赛后的结局，都会变成活生生的现实。现实与想象，就在一念之间。我们生活在滚滚向前的不可逆的时间线上，这条线上充斥着万千种选择和可能。生活从来都是一道单选题，未被选择的那些路口，就此永久擦除，而原本可能衍生出的另一种人生，也会全盘湮没在时间无涯的荒野。至多只存在于我们或懊恼或庆幸的，对另一种选择的想象里。

除了出生和死亡，一切都是可选题。你抬头看到的一切，此刻你的拥有和失去，这都是自己选择的后果，是一切选项的终极融合。

你是谁？由你一次次的选择和决定累加而成。

明显这一次，命运不由我来做主，把《开心辞典》全体同仁全部调去综艺频道之前，也没跟我商量商量，更不可能有人问我意见，当然也完全没人在意我的想法，这是被动的选择。但事实上在这种大趋势之外，我还在不断面临新的选择。我的老领导郑蔚有一天打来电话，跟我说：你回来吧，财经频道的《环球财经连线》，想让你试试。你英文好，很快就能跟上那些老主播们。

残存的自知提醒我，无论是"环球""财经"还是"连线"都不适合我。

这完全不搭界的各种元素被生生强拧在一起，想想都觉得别扭，虽然那时真的有过转型的想法，更何况我始终觉得播新闻应该是我的正经归宿，但我哪里有勇气，离开《开心辞典》这安稳的港湾、巨人的肩膀，尽管这港湾有些陈旧，肩膀有些衰老。

我没走，乖乖接受了这次变动，留在了综艺频道，等待幸运之神的再次眷顾。

与其说是等待，不如说是认命。工作和生活并没有因为这次机构改革发生任何变化，有时恍惚觉得自己依然在经济频道上班，因为该录像录像，该开会开会，我能接触到的同事无非还是《开心辞典》节目组里的人们。综艺频道吸纳的这些新节目，仿佛只是快递到了新平台门口，对方还没来得及拆包裹、拆包装，更别说分门别类各归其位。

没人知道新来了个主持人，新年前夜打开电视，看到红红火火热热闹闹的元旦晚会，综艺频道全体主持人整齐亮相，我拿着遥控器，茫然不知所以。还是青海好啊，至少生活规律，心如止水，每一次扛着三脚架，跟着大部队出发，都能在行走山水间寻找到自我价值。以为从青海回京，生活会重新开始，但看看周遭，这和一年前有多大区别？

原本以为归于平淡的心境，回到了北京，又有些躁动不安起来。

只是我不再像以前那样茫然不知所往，而是清楚地知道，必须排除怨尤，尽全力做好眼下的工作。青海赠予我的，不该仅仅是对大美风光的感慨，而是即便身在喧嚣也能保持内心宁静的能力，这种能力来自那片蔚蓝广阔的青海湖，来自马达停止后，此生最安静的两分钟光景。

不舒服就对了

我至今感激那半年的"真空"，感谢我每一次的迷失方向，我总在这些时间里灵感充沛，继而把所有真切的感受记录下来。生活并不总是充满阳光，我也并不是一直不知足不进取，我将一段一段的经历和对自我感受的剖析，细细梳理下来，这让我对自己有更清楚的认知。在获得每一点进步时，不忘了当初有过的徘徊；在偶遇生活的低谷时，想想可否忍耐和等待？这些经历对未来之路有何借鉴？将一切诉诸于文字，生活的线条会清晰很多。

在那些迷茫的日子里，写字是唯一一件有意义的工作。开始时，它让我硬挤出些东西来，言之无物，不知所云。慢慢地它开始往外吐，不需要过多思考它便一点点涌出来。它和诉说不同，诉说是流淌，写字是挖掘，找到感觉了就很过瘾，不想停下来。一旦停下，感觉又回去了，重新将灵感揪出来就又费些周折。

这不仅要感谢爸爸书房里顶天立地的书架，和他每日伏案的背影，也要感激成长路上遇到的那些良师。小学班主任语文老师田艳芳,写得一手漂亮的好字,那时不知道这叫隶书,只觉这字形安逸稳健,优美至极。她"逼迫"我们阅读,读那些超越我们理解能力的晦涩文字,她让我们不断写下感受,心之所向,都在笔下流淌,用好看的字,写优美的文。

初中语文老师黄蓉,从始至终地温柔,她为我们的作文留出了广阔空间,任何奇思异想都会得到鼓励,任何暗藏珠玑都会被发掘,她给了我们肯定自我的勇气,弥足珍贵。到了高中又遇到了无比严肃严谨的王虹老师,她和黄老师截然相反的是,她对我们所有的出格都毫不容忍,现在我的作文本上,都留着她一个个愤怒的标注,曾经被鼓励的"造词",现在却成了红叉。我不甘心,一边迎合她的严谨,一边偷偷保持自我,慢慢地,作文本上出现了一句句极其保守的表扬,那我也高兴,又动力满满地继续写下去。

回望十几二十岁的文字,得出一个结论:
敏感是年轻人的通行证,矫情是青春期的座右铭。
年轻就是容易夸大感受,尤其是人到中年再回过头来看,我总为自己当时的矫揉造作而感到羞愧,仿佛二十出头的我,和年近不惑的我,根本就是两个人。恐怕真的是两个人吧,两个世界的人,无对无错。就像我们不理解现在的孩子,年轻时的我们又怎会想到,长大后,我们也会变成讨厌的大人模样,对更年轻的孩子思考世界的方式横加干涉。

各活各的就挺好。写下这段文字的今天,朋友圈疯传献给新一代的演讲《后浪》,真挚而恳切,但归根到底,还是中年人的

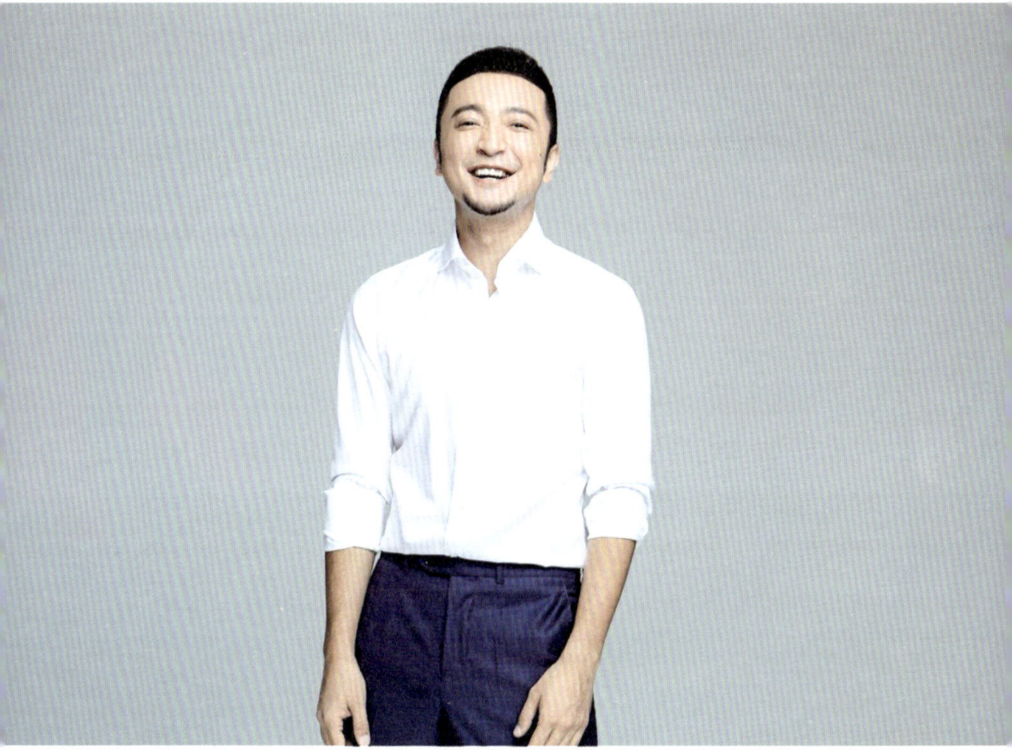

自言自语。日本著名女演员树木希林晚年时接受采访,记者问她:"作为资深演员,阅历丰富的长者,您对年轻人有什么人生建议?"这是一个我们再熟悉不过的问题了,每一个被问到的人,都会从各个方面给予尽可能多的建议。树木希林愣了一下,接着给出一个意想不到的答案:

"请不要问我这么难的问题,如果我是年轻人,老年人说什么我都不会听。"

各自解决问题吧,中年人的问题也不少。成长的感伤和喜悦,就留给自己,诉诸文字,那些疼痛用时间和经历去解决去消化。

那时亟待解决问题,解开困扰的,还有我身处的这个家庭。曾经托举我梦想的节目《开心辞典》,经过十年的起起落落,节目已经陷入无法复制辉煌的困境,难以再回到它的高光时刻。节目组连锅端到了三套,唯独小丫留在了二套,她是做经济类节目出身,频道需要她继续留在那里。我们尝试了无数种新模式新探索,增加了以往节目中没有的文艺属性,逐渐打破了《开心辞典》的固有逻辑,如果说《开心学国学》还在过去的轨道上,之后推出的《开心万里行》《开心歌迷会》则和那个观众心中的经典,渐行渐远。

要知道在过去,只要认真出题答题,只要小丫一个经典的手势"你确定吗?"就足以让观众看得有滋有味。而现在为摆脱困境而强行添加的文艺感,反倒让节目失去了原有的特色。这是小丫不愿看到的,我知道她正不断与自己的内心作斗争,彼时的很多改变,已经悖离了她的原则,她对节目的纯粹性,有自己的坚持,但这份坚持,在现实面前显得越来越无力。她热爱《开心辞典》,但一定是那个纯粹的《开心辞典》,当纯粹的《开心辞典》不再存在,她也作出了决定。那次小丫来《开门大吉》,谈到当时的选择时说道:"其实那会儿《开心辞典》变成唱歌节目的时候,我还挺难受的。我心想,我觉得我这个主考官没有用了。但是我还是很欣慰《开门大吉》还留下了《开心辞典》的痕迹。"

小丫说的痕迹,也许是我,也许是辞典节目标志性的、现已变成门铃的红色圆圈。说到这儿,我俩都热泪盈眶。我记得我头顶留下的那盏灯,她把我留了下来,而现在,我却再也留不住她了。

最终,在新一轮录制启动之前,她选择了离开。

那一天我记得很清楚,因为不得已,制片人刘正举老师告诉我,可能要我一个人上了。独立主持在现在看来,是个不成问题的问题,但在当时听到消息,我便立刻慌了神。身边有个人,和自己被撂台上,有本质的区别。主持节目好比打羽毛球,有好搭档如同和高手打友谊赛,他照顾你,常常喂你一点儿球,你打过去的,他都能接着,你打不动时,他还能自己掂会儿球;对于当时的我,独立主持是从来没有过的事,相当于搭档没了,对手也没了,打过去的球全落地上,想自己掂球吧,实力又不允许。

那一场录制不知怎么结束的,完成了,却不漂亮。

我知道自己完全立不住,当然同事们也知道,节目组便轮番邀请综艺频道女主持人来和我搭档,带着我一点点把《开心歌迷会》做下去。这倒让我有了和综艺频道同事们接触的机会,加快了我融入这个新家的节奏。

人生常有不适，生活偶有低谷，那都是变化在作祟，新生总是伴随着疼痛。想一直舒服？那就原地别动。

不舒服就对了。

总有人会看见你

沉入谷底的好处，就是你可以顺势在低洼里躺一会儿，无人打扰。放眼看去，再无处可坠，前路只有向上了。我的转折点，也在迷茫困顿中悄然出现。

伏笔从我一个月只用去台里三四天的那段日子就开始埋下，好在无所事事的日子里，家里还有一双"儿女"陪伴，缓解我的郁闷。

两只雪纳瑞，妹妹叫Luna，哥哥叫"嘿咻"。我从小怕跟人说话，却和动物颇有缘分，养小动物的愿望终于在工作后的自由生活里得以实现。

俩宝贝各有各的性格，哥哥顽皮捣蛋，妹妹娇羞怯懦，和通常人类父母一样，我总觉得嘿咻和Luna颜值过人（狗），才艺超群，多少有些明星相，没想到后来它们真的一朝出道，成了电视上的明星。

一切源于一位叫丛澍的制片人的发掘。

现在称呼她"丛主任"，那时亲切地叫"丛导"。

一日，丛导突然找我，我俩在梅地亚咖啡厅见面。她说："小尼,我看你在养小动物。我最近要做一个新节目,是和动物有关的,你愿意来试试吗?"

我下意识地问:"我和谁啊?"

丛导笑了,她看着我,简洁地答:"就你。"

我吃了一惊,虽然八字没一撇,但已经紧张起来。这是一个期待已久的机会,但一个人主持一台节目,我做得到吗?我曾经几乎给自己下了结论:只能做别人的搭档,挑大梁的事我扛不住。

"我……行吗?"我不假装自信,坦率地表露出犹豫。

"哦,还有俩狗。"丛导露出一副"这回放心了吧"的表情。

放心?

一想到两位小祖宗在录影棚里到处乱跑,上蹿下跳,搞不好还会随地方便一下,我更紧张了。我自顾不暇,还要管着它俩?

虽然担心,但还是应了丛导的盛情。录样片的地方就在我家隔壁小区的一个样板间里,带着懵懂的嘿咻和Luna,我开始了自己到央视以来第一次独立主持,对了,还有俩狗。

现场果然和我想象得差不多,甚至更混乱。嘿咻和Luna不仅不负厚望,在摄影棚里画了好几张"地图",更是开拍后就一直晕镜头,打哆嗦,毫无当明星的自觉。熟悉环境后,又开始到处疯跑,摄像大哥压根儿抓不住它们。

我艰难地带着俩毛孩,边玩边说串词,不断被打乱节奏,这还反倒带来了真实有趣的效果,全都在意料之外。

样片跌跌撞撞地录制完成,竟然通过了!

节目命名为《动物狂欢节》,每期大约30分钟,每晚18:00

播出。我在节目中以随意聊天的形式串起来自世界各地的动物视频，无须面对观众，也没有偌大的舞台，只要在一个居家的环境里面对镜头和同事们。

尽管收视率从未暴涨，却为频道引流了一批年轻观众。节目体量很小，但对我有着特殊的意义。它不仅仅是我第一次真正意义上的独立主持，还让我体验到了节目风格与主持人气质高度契合带来的顺畅感甚至快感。一把钥匙找到了适合它的锁，打开它，我走进了一直向往的"家"，成为一个"家"的主人。这是第一次，我在工作中找到了"恋爱的感觉"：一个主持人与一档节目磨合、影响、牵扯，为彼此改变，最终合而为一。

生日从来都在工作，不是《回声嘹亮》的录前会（左图），就是《动物狂欢节》录像中（右图）。通常的节奏是：场灯全灭，一片漆黑，一块蛋糕被推了出来……就算我早有察觉，也必须演出惊喜，但真正的感动是装不出来的，烛光里的泪光，放肆的欢笑，都无比真实。

自《动物狂欢节》起，那本以为生锈已久的齿轮，终于又开始缓缓转动。一次亮相，被某一对目光锁定，接着一把新锁交到手中，打开它，又是一扇机遇之门，循环往复。音乐频道的夏雨（后来多年的春晚歌舞类导演）制作的《魔法奇迹》《一起音乐吧》，向我伸出橄榄枝；接着《挑战主持人》敞开怀抱，我终于和这个曾经擦肩的节目再次相遇；后来改版为《我爱满堂彩》的《笑星大联盟》让我有了和喜剧的接触；《天天把歌唱》将我与音乐节目连接在一起……

以及以时代经典之名，高歌唱响的《回声嘹亮》。

《回声嘹亮》的前身，是在综艺狂欢时代，二套的《开心辞典》和《非常6+1》合办的节目《欢乐英雄》，由李咏主持。后来团队转到三套，几经改版，最终蜕变为一台重温经典的节目，更名为《回声嘹亮》。带我加入《回声嘹亮》的大家庭的，是现在频道节目部主任吕逸涛，当时担任《回声嘹亮》制片人，也是后来2016年春晚的总导演。而《回声嘹亮》的主编、制片人于蕾，后来也担任了《开门大吉》的制片人，和几届春晚的总撰稿。现在的节目制片人刘林，我们也保持着很好的关系，团队中的很多人，现在都成了彼此信任的合作伙伴。

写到这里我想和你说说人与人之间那条线，因际遇重叠牵绊，像蝴蝶效应般影响现在与未来的一根根隐形的线。从不刻意搭建所谓人脉，但冥冥中彼此会相识相知，直到惺惺相惜。所以，认真对待每一次遇见吧，你的投入会被看见，被监视器后的一双双眼睛记录和锁定。尽管年岁与资历相差悬殊，但你会和某一群人不断相遇和重逢，在未来的更多战役中，你们会成为交心的伙伴，彼此放心的同志。这在媒体行业里尤为明显，这也是为什么，专业的人能看见你的努力，合拍的人会成全你的梦想。

在《回声嘹亮》中我和李思思第一次组合亮相，我们给这个组合起名叫"尼思湖水怪"。我和她的革命情谊，也就此拉开。都是涉世不深的"80后"，有着差不多的经历，像很多同龄人一样，在前辈的庇佑下顺风顺水地一路成长。很多时候，压力和不安都能互通互连，我们心照不宣，并一一攻克难关，并肩前行。

一起主持青歌赛的那段时间，我和思思鼻青脸肿，满身是伤地突出重围，练就了比过往更坚强的筋骨。还记得每场直播后，晓海主任都会带着我们开会总结，我和思思竖着耳朵听着，也拿着手机看着。不为别的，就为了上微博看看还有多少人骂我们。越是被骂，就越想看，到底哪里不好，如何才能更好？如果有一天没人骂了，是自己真的无可挑剔了，还是无人理会了？

回想起当年在大学的舞台上，面对同学们嘘声的时刻，我又进一步理解了广院那特殊的传统存在的意义。当时的我一直坚持站在台上，用自嘲的方式化解哄台。多年以后，依然要努力面对每一个主持人都曾面对的，那不会让你真正流血的"枪林弹雨"。站住了，它们就能让你在舞台扎下根。

央视本就是一种庇护。我的姓名前只有加上"中央电视台主持人"的时候，我才成为大部分观众眼中的我，如果只是"尼格买提",我在别人心中的价值还有多少?这并非妄自菲薄,而是台上的人须时刻清醒地知道,你的光源是来自平台,还是自己。在这一平台上的人,容易高估自己发光的瓦数,容易把自我和舞台赋予的角色混淆。那些赞誉和掌声,有多少是因为你的姓名,有多少是为你名字的前缀,即便二者难以区分,也要清楚自己的斤两,丈量和"优秀"的差距,在名利中保持独立和清晰的自我。

青歌赛中,著名音乐人张亚东作为评委,目光犀利,他经常指出选手没有找对适合自己的歌。我当时问张老师:"了解别人很难,但看透自己更难。一个歌手要怎样找到适合自己的歌曲和歌路呢?"

张老师欣然解答。我提出那个问题,其实也是在为自己发问。

无论你身处何方,你真的找到自己了吗?你的方向,你的步伐,你的节奏,甚至你人生的BGM,你都找对了吗?这是个艰难而漫长的过程,难以一蹴而就,但只要煎熬的日子,和尝试的次数足够多,也许在某一个瞬间,你会找到久违的那份归属感。

整个人,都通透了。

第一年的《"喜到福到好运到"春晚倒计时特别节目》,和频道同事们齐刷刷站在一起时,我才第一次觉得自己是这家的人了。

随着我一点点地融入综艺频道的节目里,一种归属感萌芽和生长。从多年前的错过,直至再次相遇,如今我的命数里,已经烙下了这个频道的呼号。

然而故事并未在此结束,当时不知,某一愿景的达成,常常预示着新篇章的开始,许多事都在悄无声息地埋下伏笔。

请把这张照片挂在你家电视背景墙,
我们会每天微笑地盯着你,有没有在看综艺频道。

06 | 幸运的真相
GREW UP OVERNIGHT

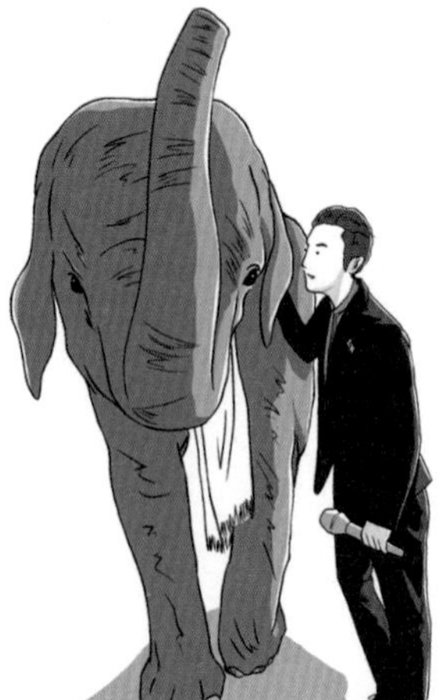

手

"小尼,最近忙什么呢?"

电话那头是哈文导演,声音清脆干练。非寻常的任务,她必不会专门打电话过来,每次来电,必有重要的事宣布。

那是2014年底,当时,我正在为《中国好歌曲》的录制暗自心烦。

《中国好歌曲》是第一个专属于唱作人的大制作节目,一经播出,收视率连连攀升,在原创音乐领域掀起波澜,将霍尊、莫西子诗、苏运莹、赵雷、戴荃等创作人推向台前,自此这些名字广为人知,更催生了诸如《卷珠帘》《从前慢》《野子》《要死就一定要死在你手里》《悟空》等等至今还广为传唱的歌曲。那几年创作新人和优秀原创作品井喷式爆发,多少都得益于这个节目。照理,担任热播节目的主持人是难得的好机会,我怎么敢有一丝懈怠。

从2014年开始,我每隔几天就要从北京飞往上海,再转去嘉兴录制《中国好歌曲》,每次的录制时间都很长,然而,主持人最终露出的画面却少得可怜。第一期节目播出时,我发现大量镜头都被删减，主持人存在感稀薄，让人哭笑不得的是，连开场词都做了加速特效，完全失真。无论声音还是画面等同于我从未参与。

我只好在朋友圈里给自己灌鸡汤："明明知道付出一百分的努力最后还是会被剪得一闪而过，但还是要提醒自己永远保持最佳状态，就算自觉多余，也不可轻言放弃，加油。"

我想这是综艺节目的一个趋势吧，那段时期，习惯了处于节目核心位置的综艺主持人们都多少感受着不安，从《中国好声音》开始，职业主持人被逐渐边缘化，华少"好舌头"的独特人设又无法再被复制。若不快速树立风格,恐怕难逃沦为"广告口播员"的命运。

《中国好歌曲》也在用残酷的剪辑手法告诉我：现在，主持人并非必要元素。一档无主持人的节目也能成立。危机感开始蔓延。即便将大段开场、口播、串词背得滚瓜烂熟，你都无法突破节目形态的天花板，事倍功半之又半。

无法改变节目，短时间也无法调整自己，每一个深夜，漫长的录制结束后，已近破晓，头昏脑胀、疲惫不堪地走出演播室，我都期盼有什么机缘，能带我离开这儿，抽身、逃离。

看到哈导的来电，一根神经被激活。上次来电是青歌赛，彼时未知的下一次是《星光大道》，而这一次，她带给我的消息尤为特别。

那年我三十二，过了而立之年。我在央视工作快满十年了，已过了事业探索的初期，找到了自己立足的舞台。我不再像一个初入社会的新人，成日担心自己会失去生存的空间。不再为没节目可做、闲得发慌而焦虑。相反，每天忙得马不停蹄，一个节目刚录完，马上就要奔赴另一个影棚。常常昼夜颠倒，很多时间都是在从新台到老台，从老台去大兴，从大兴奔大厂的路上。两年前，当我开始主持《开门大吉》时，它的高收视率，它的良好口碑，让我体验到了努力很久终于有所收获的成就感。如果时间能停在那一刻，故事画上句号，这将会是一个完美结局。

我常常做梦，人生终极目标就是拥有一家餐厅，墙上挂着半生旅行的照片，和爱人在吧台后忙个不停，夕阳西下时，为对方做一杯手冲，倚着门口，目送残阳，脚边是老了的柴犬小野。

谁没做过这样的梦？但谁又甘愿人生至此而休？安逸和幸福，就像远山，可以抬头看，但也必须低头跑。你知道那是你胜利的终点，但若不奔跑，何以抵达？

我向往平淡安稳的生活，但当我被自己身处的环境中的某种更大的力量驱动的时候，常常无法完全左右自己的人生。在滚滚向前的时间浪潮中，我必须随之奔涌。我自知还没有说"放下"的资格，我所经历的还太少了。我也没有修炼成能坦然接受失败的那种心智稳定的人。我还只是一个凡夫俗子，只是因为一路走来承载了太多人的关心助力，借助太多好运幸存至今罢了。因此我害怕辜负旁人的期望，害怕登高跌重，因而仍要面对生活的一次次挑战。

唯有努力才配享有平淡，它太昂贵了。

但努力之外，我的幸运之处在于，每当我开始下落时，总有一双手抓住我，总有一个平台将我接住。

那一年，这一双手，或说我的目力能看到的手，来自哈文。

哈文导演，是我的大师姐，亦是我在工作上的领路人之一。她是一位成功的节目制作人。她干练、果决，雷厉风行，极有主见且敢于创新，是非常值得尊敬和信赖的前辈。

审查

回到那通电话，

"今年春晚语言类节目审查，你来主持，准备准备吧。"

哈导干脆利落地宣布，一如她的风格。

虽然还不了解春晚节目审查具体怎么主持，但也大概知道，它在台里一直是一项颇有神秘感的工作。每年的春节联欢晚会都有长达几个月的准备期，期间每次审查都备受媒体关注。记者们在西门附近蹲守，不放过任何蛛丝马迹：每次审查都有谁去了，谁出来了，出来时谁的表情有何异样，谁面带笑容，谁神情沮丧，谁一审去了二审没在，谁二审出现三审缺席……每位记者都化身名侦探，分析揣度当年春晚的阵容，各种假节目单横空出世且都煞有介事。

我心中的最大疑问是：为什么审查也要设置一个主持人？

后来才逐渐了解，虽是语言类节目的审查，但总也不能干巴巴地一个接一个地演。演员面对的当然不仅仅是审查的领导们，台下也有普通观众。现场的每一个人都需要调动情绪，以保持欢乐热闹的氛围。这对演员至关重要，说白了，就是前文提到过的"热场"。台上的都是"人来疯"，掌声和欢笑是他们的强心针，导演和领导也需要通过观众的反应对节目有所判断。观众好，演员状态就好，节目才能满分呈现。为连接以上诸多要素，并保证节目之间现场气氛不掉下来，主持人有他存在的必要。

拿到审查节目单后，便开始了在上面的圈圈画画，在每一行缝隙里密密麻麻地写满自己要注意、要添加、要调整的内容，尽量将串词改得幽默风趣，更适应自己说话的节奏。毕竟是语言类节目，逗乐是第一目的，欢乐的氛围绝不能到我这儿掉下来，于是绞尽脑汁地想了很多包袱，编了不少段子。第一次做这项工作，压力不小。

要确保现场气氛一直暖着，就像大冷天里不停搓手心，哈着气，生怕场子冷，宝贝似的捂着。现场热乎，演员才有安全感。气氛稍微一冷，想拉回来就需要半天工夫。接受审查的演员们对气氛极为敏感，也很在意，大家都生怕轮到自己的节目时观众调动不起来，这样哪怕节目本身出色，效果也会大打折扣。

我这个平日懒散的人，在这种时刻还是知道要全力以赴的。演员们为了春晚上那几分钟，付出了何止台下十年功，怎么能让他们的节目一朝受阻于审查现场的气氛呢？我不敢松懈。

春晚语言类节目审查不是直播，但胜似直播。既要捋顺台本，又要灵活应变，还要比其他节目更关照全场气氛，比直播还难。

时间长了，跟演员们都熟悉了。

孙涛老师格外在意观众的反应，回回都把我拉一边："靠你了啊！"

岳云鹏飞个媚眼，我说："我懂。"

2018年，演完《老伴儿》下来，蔡明老师问："怎么样？"我说："好，笑岔气了，也哭成泪人了。"

每次审查开始前，我必会早早进场，小跑进观众席间，和大家打趣，开玩笑，让气氛提前暖起来。

"我给大家唱首歌啊！"我笑吟吟地说，随即就放声高歌。一曲唱罢，观众大多已经绽开笑容。我跳进观众席，坐在他们身边唱，和几乎每一双眼睛对视，我知道时间不多了，我要让每一个人浸泡在此间氛围里，让他们彻底放下戒备，融进来，笑、闹、鼓掌——发自内心地。

"好听吗？好听就拜托大家一件事，一会儿领导进来你们都捧捧我，万一让我唱春晚开场呢。"

大家马上就开始响应我，有的当即就鼓起掌来，还有的起哄架秧子，领导正好进来，一看，呦，气氛真热烈。

我知道，越是严肃的审查，越是要放下身段玩起来。"审查"二字听起来很板正，但最终还是要看"笑"果。

台下通常齐刷刷坐着一排领导，我本来紧张得嗓子眼儿都干了，却偏还要和每位领导先"眼神交会"一下，这是我的一项秘招儿……给你压力的，让你紧张的，是你在意的人，也是你首先要攻克的人，越怕就越要直面，四目相对，你会得到一个微笑，

每场审查结束前总不忘问观众:
"出门遇到记者问你们今天看了啥,你们怎么说?"
"你猜!"大家齐声喊。

你也笑笑，领导反而不好意思了。一位一位地看，让所有目光集中到你身上，变被动为主动，控制注意力才能控制全场。领导也是人，比起卑微怯懦，一双坚定自信的眼神，往往更能彼此通电，建立信心。

随着审查的层层推进，节目要一场接一场地过关，这意味着同一个节目可能会演两三遍。尽管每场观众不同，大可同一套串词反复说，但我心里清楚在场的同事看我说过这段，审查者也听过那个包袱。心里有个声音说：别重复自己！

明明简单的事，被自己弄复杂了，我安慰自己说，就当练脑子了。

从 2015 年第一次主持春晚节目审查，到今时已经五年六次了。年年顶着巨大压力，却也年年感慨这是最宝贵的锻炼机会。

回到 2015 年最初的那次审查，到了台里，拿到节目单便开始构思琢磨，满脑子都是怎么把贾玲跟岳云鹏的节目串起来。上台前经过春晚办公室，门虚掩着，推门，进去跟同事们打个招呼，哈导正好也在。

我听着哈导给我讲主持审查的注意事项，突然，她停顿了一下。

"哎，小尼，你后面什么安排啊？"

听到这句，我很难不多想。分明感觉有一扇大门已经出现在我面前了，半开半合，里面散发着金光，十足诱惑却又无比神秘。同时又在心底嘲笑自己异想天开。"兄弟，醒醒，还轮不到你。"

"呃，我后面也没什么安排，就是最近还要飞上海，再录两期《中国好歌曲》……"

我故作平静地说。

"这个先放一放吧,你……"

"放一放?"我心想这么重要的节目岂能说放就放?

但此时内心的小人已经开始准备敲锣打鼓奏乐狂欢,我屏住呼吸,心提到嗓子眼儿,那扇大门正在嘎吱吱地缓缓打开……

"准备上春晚。"

这五个字,说得太过轻描淡写,全然没有我梦中那般郑重和有仪式感。

"我吗?真的?"我觉得我的声音有点变,甚至不争气地哆嗦起来。

但内心里,已经有一支"窜天猴"上了天,在身体里绽开了花。

我可以上春晚了!

毫无疑问,我是一路被好运加持,一路被捧着,被推着,来到当下这个点的。

有时我觉得幸运未必总是好的,它让我错失了最基础的磨砺,让我养成了容易懈怠的性子。遇到困境,我缺乏坚韧不拔的耐力,总是想着逃避和放弃。但我到底还是感谢幸运的垂青,多亏了它的眷顾,我才得以不必冲进战场斗得你死我活,相对安全地获得了今天所拥有的一切。虽然没有斗志,但我避开了野心的炙烤,不必挣扎于名利的欲壑。

幸运的表象或许是:在人生的某个时刻,你遇到某个人,这个人刚好就促成了你未来的某次机遇;在人生的某个地方,你做对了一件事,这件事刚好就引你通向一个难得的舞台。

命运的齿轮之所以转动,一定是在看不见的地方有某种力量,它提供了刚好的支持。这力量究竟是人为的,还是命运早已埋下线索?也许这力量,你需要一段时间去靠近它、远观它、触摸它,而后才能了解它,做好充足的准备,最后……

拥抱它。

姥姥和春晚

"80后"都说自己是看着春晚长大的,我是认认真真看着春晚长大的。

甚至为了春晚,我曾"大义灭亲"。

但说来非常愧疚,这也是多年来我一旦想起就深深自责的事。它能长久地停留在我的记忆里,而且随着时间的推移反而变得越发清晰,可能是提醒我两件事,第一件:好好爱家人;第二件:继续爱春晚。

哪一年我忘记了,但依然有线索可循。大年三十儿夜里,我在医院的病房里,姥姥身体抱恙住院有一段时间了,子女轮番照顾,我们这些孙子辈儿的自然也要担起照顾好姥姥的责任。我妈这边,孙辈有七八个,数我比较听话,姥姥让我们给揉揉肩,其他孩子三两下就喊累撤退,我能给她按得舒服了过瘾了,时间长了姥姥也就只让我帮她揉了，但也总客客气气地说够了不按了，心疼你手。我不会罢休，继续按到她真的站起身来。她既享受又心疼，总让我在墙上拍几下，带点迷信地说："拍掉劳顿，一生免受穷困。"

就是这么个乖外孙，那年春节，掉链子了。

不知怎么的，偏偏看春晚的点儿轮到我值守。那天大人们轮流看望过后，就留了我和姥姥在医院里。走廊尽头的护士站，有一台小小的电视机，我坐在姥姥身边儿，心全在那台电视里，姥姥看出我的心思："去看看吧。"

径直冲进去，我到现在还记得那台令人心塞的电视机，那么小一点儿，显像管估计坏了，画面是绿色的。其实黑白都没事，你大不了稳定点儿呗，也没有，信号时断时续，一会儿没了，一会儿绿色的主持人又蹦出来。我清楚地记得我唯一看完整的节目是那英的《青青世界》，这画面真应景啊，全是青的，那英的脸都是绿的。这让一个忠实的春晚粉儿，痛心不已。

写到这儿我顺手查了这首歌上春晚的时间，也就确认了那是1997年的春节，原来那时我也不小了，快14岁。将春晚节目和童年记忆联系起来的好处就是，能准确查出成长中每一个准确年份。

我仍未放弃希望，几乎是抱着那台电视机，调了又调，直到最后连那绿色的画面都没了。我沮丧地回到病房，姥姥知道了，摸摸我头说："回去吧。"

我抬眼看看她，经表情鉴定，她是认真的，带着一点暖暖的笑，可能也是无奈的笑。我不敢说好，只能假装没事说："没关系我不看了。"我的不情愿大概过于明显了吧,姥姥还是坚持让我回了家,换了舅舅来替我的班。医院离家不远,我带着沉重而自责的步伐慢慢走出病房,离开医院,随着离家越近,脚步越快,一到家便贴在屏幕前,心满意足,又惴惴不安。这么多年来,没落过一年春晚,连有几年春晚结束后固定播放的喜剧《家和万事兴》我都会饶有兴致地看到深夜。每一年,都沉浸在它给我带来的欢乐里,唯独1997年,带着满满的亏欠。

2019年的春节,比以往时候来得也晚不了一些,但主持人接到的通知几乎是在彩排开始的当天。若说完全不焦虑,那是真虚伪,若说真的特在意,倒也不至于。只是这事一直悬在心里,自然是不太自在。第一场彩排的时间已然和《星光大道》录制的日子重叠,这是那段日子里我唯一能获取的"信息",常规节目时间未做调整,大概就意味着:你就安心录像吧。

每年到了临近春节一两个月的时候,总会有无数种版本的"春晚节目单"流出,我也时常接到亲朋好友发来的祝贺信息,再顺便把这些天马行空的节目单发给我,每每仔细阅览,都不由对背后的"创作者"由衷赞叹,有的从历年春晚移花接木,东拼西凑;有的大胆创新设计出一系列全新的节目类型和组合形式;有的也能嗅得出背后有一双专业的手,客观分析无限接近真相。对于这些求证,我只好告诉亲友:别说这些节目了,连我,都不一定能上。

装!

这种时候就要开始猛灌自己各种毒鸡汤了。别人梦寐以求的舞台，你已经连续拥抱了四年，何德又何能？这一站的珍珠你已经攒到了，去看下一站的风景吧。早晚都得走，何不在最青春的时候？之所以要猛灌，是因为虚荣心已经不允许我只满足于当初理想的实现，对于一个想要不断进步的人，这种野心是必要的，但也是有害的。

生命中总有一些交集，无论感恩与否，你在遇见它的一瞬间就看到了你终将有失去它的一天。凡事均有两面，在获得春晚给予的光环的同时，我就需要面对未来有一天失去这光环时的落寞。向我热爱的春晚说声再见是或早或晚的事，但野心时常敲门，治愈我的唯一良药，就是找回那颗被灯光和虚名淹没已久的：

初心。

我想起1997年姥姥的病房，想起那个为看清一个春晚画面而守在电视机前的傻孩子，从"看春晚"的渴望，到成为春晚画面里的一个像素，还有比这更美妙的人生吗？维吾尔族有一个习惯，每当好事来临，幸福敲门时，总会说一声"xukri"，姑且翻译成感恩、知足，老人也会常常提醒你，要说一声"xukri"，若不感恩，终将失去。

成为春晚主持人是绝大多数文艺节目主持人心中的至高理想，无论在央视还是各地方卫视，只要有春晚的地方，无论体量大小，它都长久地诱惑着这个行业里的人。抛开每个主持人对舞台最本真的热爱，获此殊荣似乎是体制内主持人获得某种认定的象征。

这是我逐渐变得世故之后，对这份工作某一个角度的理解。当然，这一点悖离了本心。

我在最好的年纪遇到了春晚，但也在电视行业于新媒体的群雄并起中收敛了锋芒的时代里才站在了它的顶峰。此时看到的风景是复杂的。身为一个电视节目主持人，我所体验的，和数年前身在广播电台的前辈们所经历的颇为相似。时代在变迁，境遇却重叠。

其实在很多人眼中，春晚早已不是过去的那个紫禁之巅，而更像是层峦叠嶂中的一处高原。它也许没有过去那么明显地"冒尖儿"了，但比以往更加广阔。

广阔就意味着可以容纳更多的新与变了，并非单纯的迎合，而是带着年轻与创新去高原上撒开了跑。坦白说春晚明明可以再好玩一点，再贴合年轻人一点，但它毕竟无法做到像《红白歌会》那样聚焦流行，像B站春晚那样专注网络，别忘了，它要面对的终究是14亿人。

春晚于我，是一位只可远观却又亲切无比的女神，从不膜拜，只有陪伴成长的感激，和相行相惜的眷恋。我们同岁，都是一年一年地悄悄改变，都是一岁一岁地默默成长。我和其他孩子有些不同，大年三十不是欢天喜地地放鞭炮，尽情玩乐，而是从晚上8点开始雷打不动地坐在电视机前，把春晚从头看到尾。每一段歌舞，每一个节目，歌手演员主持人，赵忠祥老师的无限深情，倪萍老师在各段黄河之水汇于一处时说出的动人话语，刘德华初登春晚舞台时那件土黄色的肥大西服，李咏小丫把那年最火的综艺节目带上春晚，朱军捧着黑管吹奏《花儿与少年》，"煽情"的"习惯"被冯巩拿到全国人民面前开涮，董卿从初登时的青涩到最终树立了春晚上强烈的个人风格，那些黄金战士，朱军、董卿、周涛、李咏、张泽群，无论怎么排列组合，只要一字排开，款款走向观众，就能让人感受到浓浓的年味儿。给我足够的版面，我能把脑海当中这些春晚记忆写满整本书。

当我真的登上了那方舞台，姥姥成了最忠实的观众，在电视机前，雷打不动地从年三十儿坐到正月十五，一遍遍地看重播，乐此不疲。不知道老人家记不记得当年我弃她而去的过往，如今已无从知晓了，我想她看到我分享的故事，一定在天上咯咯笑起来："孩子，要 xukri，要 xukri。"

姥姥的遗物中，我只把这条头巾带回了北京，
几年过去，头巾上姥姥的味道淡了，但每一个吻，都刻在了额前和心里。

春晚的门缝

整整十二年后的 2009 年,我才有了与女神第一次接触的机会。这第一次,仅仅是接触,远谈不上亲密。

我的任务是去春晚后台采访备战直播的演职人员。说是后台,却比你想象的要明亮很多,但也不是多么宽广舒适的环境。中央广播电视总台复兴路办公区,是它现在的称呼,但在那些年,一说中央电视台,没别地儿,只有长安街边,世纪坛旁的这一座板正的高大建筑。

当年上学时每每路过,都对里面充满了无限好奇与神往,但当你真正走进去,就会发现,它并不是以往我认为的那种枯燥乏味的长方形建筑那么简单。不算太大的院子里,坐落着高高低低不同功能的建筑物。其中最显眼也最具代表性的就是由方圆两座组成的主体建筑。方楼高高耸立,看上去是整个建筑群的核心,各频道主要办公室、会议间、行政管理人员所在地,基本都在这里了。所以它确实起到了核心的作用。但如果没有旁边圆楼的柔化,它的存在确实会显得有些单调。

圆楼的设计与它承载的功能高度契合,作为文艺节目演播厅集群,它的形状流露着浓烈的艺术感。据说最初它外形呈环状,一圈大大小小的演播室围绕着一个圆形的大花园。记得小时候看过的张泽群老师主持的《第十二演播室》吗?这并非一个虚头巴脑的节目名,它确实是在真实存在的第十二号演播室里录制的。到今天它们都还在发挥重要的作用,我大概"染指"过其中的大多数,连最不起眼的、被安置在最远最角落里的第十四号演播室,现在也被用来做春晚的新媒体演播室了。我们通常以600、1000来称呼它们,比如:

某节目在哪个棚录啊?600!或者,1000!

别误会,不是真有那么多,这里指的是它们的面积。现在录常规节目,需要的动辄都是2000多平方米的面积,所以你随意感受一下,当时最大的1000平方米演播室显然已无法满足春晚的需要了。也不知是当年特意为春晚留好了拓展空间,还是后来者的奇妙心思,中庭大花园被迅速改造成了如今的一号演播大厅。而当时那个连接所有演播室的中庭环状走廊,自然就成为了这个全球最受瞩目演播厅的后台,兼化妆间兼过道兼采访间兼食堂了。你能想到的任何一个工种,总导演、台领导、舞蹈演员、道具师傅、易烊千玺、宋丹丹……每一个你在春晚看得见的看不见的看得清的看不清的人,都会从这里走过。

还有比这里更适合蹲守拦截的地方吗?

没有了。

但初次去蹲守的人,难免会害羞难为情。我当时的主要任务并不是要采访出春晚有关的任何信息,而是去为《开心辞典》搜集场外出题人。正好春节将至,如果能采访到哪位明星大腕,让他们为现场的选手出道题,多拍几个,我的任务就算是完成了。我费尽力气打开一扇扇化妆间的门,这里费的不是手上的劲,而是要费劲跨过心里那道坎儿。本人脸皮薄得出奇，从小就对开门这件事心存抗拒。

寒假作业没做完，怯生生地打开老师办公室的门；期末没考好，攥着卷子艰难地打开自己家的门；找工作去面试，壮着小得可怜的胆子推开考场的门……我这样一个自小就对门有心理阴影的人，他日里居然做了一个叫做《开门大吉》的节目，也算是造化弄人。

打开一间，董卿朱迅正背对背默词儿，不忍打扰，打个招呼悄悄关上门。摄像说："脸皮厚点！"再开一间，歌唱家明确拒绝。完了，开局不利，自信心受到打击，只好抓住走廊上的一些熟脸，我这该死的记忆力，真的应该好好记住那些雪中送炭的人——在没人认识你的年月里，愿意停下脚步听听你说什么的人。越长大越知道，你得好好在脑子里写下帮过你的人们，他们的名字和长相，都该过目不忘。可惜的是那是不懂事和不走心的年龄，只顾着完成任务，现在也想不起来拍到了谁。但有一件事与我刻骨铭心，那也是我生命中第一次，真实地听到了春晚的声音，在这个绵长的环形走廊。

一号演播大厅有数道大门，我走向其中一个，妄图伺机溜进去，看看有无可能在那里找到更理想的目标。但我始终没有勇气真的推开那道门，一是排练期间，这不合规矩。更重要的是，我分明感到这道门背后是一个神圣的领域，不知你能否理解这种感觉：这里面的世界不属于我，任凭它如何发生都与我这个凡夫俗子无关，里面仿佛有一种力量顶着门，拒我于千里之外。

物理上说，推开一扇门貌似多容易的一件事啊，但我就是无法劝说自己鼓起这股勇气，并非我畏惧它，而是远未做好与它见面的准备。但我最终还是试着轻轻开出一道缝。

里面的声音更加清晰，由于有柱子台阶挡着，想要真正看见舞台除非真的走进去，但仔细张望还能看出一些反射到墙面上的光亮。哦，这就是春晚，明白了。甚至不用确实地看到它的真容，也为呼吸了几口它的气息而感到庆幸。我完全可以大大方方地走进去看一看，实现理想仅有几步之遥——注意这里所指的理想当然不是主持春晚，这想法多傻啊，它几乎一丝都没有出现在过我的脑海里。彼时的理想仅仅是看一看那方舞台，也不站上去，只是在观众席里看一看，就足够。而现在我能做的只有：关门，再见。

比起打开一扇门，关上它，更需要勇气。那个我自小挚爱的神奇的领域，我放下了去触摸它的机会，默默关上它，离开了。其实从此并不是再未进过一号演播大厅，之后几年当然因各种原因和工作进去过，上过台，里里外外都看到过，只是但凡不在春晚期间，它于我而言仅仅是一个偌大的、圆形的、广阔的演播大厅而已。它的那份独特的神圣感，只有一年中的那一小段时间才会被加持上去。只因为春晚，它不再平凡。

CCTV 四十八

2013 年，我们接到了一个特别的任务：上春晚。

这里的我们，不是几个人，而是全台各频道推荐的48位主持人，不是去主持，是去唱歌，还不是一般的歌：春晚开场曲。这样一个庞大的组合，像极了SNH48和AKB48等团体，姑且称它为CCTV四十八吧。当时我参加工作已有七年，调入综艺频道三年不到，但怎么看都像个不经事的新人。能够入选已是万分幸运。

新闻、社教、少儿、体育、国际、财经等各频道各部门主持人以各种组合形式悉数登场。综艺频道的四位，紧跟在体育频道之后。他们话音未落我们就必须开始向前冲。每首歌都加快了节奏，要让48位主持人在不到五分钟的时间里轮番演唱，还都有镜头，可难坏了当年的导演和摄像、导播。

我们分到了一首小虎队的《新年快乐》，朱迅、杨帆、马跃和我，一共就四句，朱迅两句，我们仨合唱两句。我清楚地记得那两句是"我也好想听你诉说"和"让我牵着你的手"，那时压根儿没空想别的，满脑子都是怎么在不影响身边人和下一拨主持人的情况下，让爸妈清楚地看见，让观众的目光能多停留一秒。唯一的武器就是笑容，如果还有一个，那就是发型。

直播当晚，一位著名网友吐槽说："今天开场所有唱歌的主持人喷的发胶罐连起来可以绕地球三圈。"我想其中一半都用在了我头上。现在回看那两年的迷之发型，连化妆师邢飞自己都无法理解，但彼时从不觉得违和。我还总要求：高点，再高点。直到发量再也无法支撑，这才作罢。

现在回看这四分多钟的视频，依然能想起当时每个人飞快的脚步，想起当时每一场排练的欢声笑语。身边朋友们都觉得央视主持人之间每天抬头不见低头见，实际情况是：别说全台了，频道内的主持人能聚在一起的机会都少得可怜，所以这样一场主持人的大聚会实在难得。另外就是无限感慨，是何等的统筹安排能让所有的歌曲无缝衔接，人来人往快而不乱，当时每个人都跟赶场似的，为了在对的时间站到对的位置，背后的工作颇费心思，但观众看到的是紧锣密鼓有条不紊。一段热热闹闹精彩纷呈的开场歌舞以所有主持人整整齐齐地站上台阶为收尾，而在最前排升起的，是正儿八经、主持人中的男女主角：春晚主持人。

六个春晚主持人就站在离我四五米外的地方，我看着他们的后脑勺，你可能会认为此刻的潜台词是：总有一天，我要站在那儿！

实则没有那么戏剧性，我真实的想法很简单，完成了一整天的工作，连续十小时的《春晚倒计时特别节目》已经让我身心俱疲，尽管春晚为我打了一针鸡血，药性还很猛，但在齐声拜完年后，我们所站立的台子缓缓落下，我们与那个舞台之间快速升起一道墙来，大家低头悄声撤退，一副鸟兽散状。那种感觉很微妙，我与春晚第一次的亲密约会，就这么倏尔结束了，当下容不得我再多愁善感，只想着一件事：

回家！

红毯上的野生动物

转眼又一年,春晚没忘了我。这回的任务是在场外迎接观众入场。这些观众不太寻常,他们当中有黑熊河马老虎大象羚羊长颈鹿大猩猩火烈鸟……而这个场外,也并不是演播厅外,而是两千公里外的广州长隆野生动物园。这是 2014 年马年春晚一个很有爱的设计,选上我,不知是否和我曾经主持的《动物狂欢节》有关。那两年跟动物打交道比跟人多,去各地的动物园也比去演播室频繁,和动物接触自然不成问题。重要的是,我终于有了一段只属于自己的春晚时间,比起一年前在合唱里听不出声音,如今也能说上一两句话了,这对我来说简直是飞跃。

我格外珍惜这次机会,而且按照原设计,虽在外拍摄,但呈现出来的是假定我在春晚演播厅,也就是说在迎接所有的动物朋友之后,我原是要带着其中一只走进真正的春晚现场的,何其幸福。

可惜在最后一刻,由于节目的调整,走进现场已无法实现了,但即便只在场外录制一个短片,也足矣。冬天里深夜的广州一点都不温暖,相反,寒气刺骨,何况动物演员不好控制状况百出,许多与人互动的镜头慎之又慎,拍了又拍。抖擞精神、吸吸鼻涕,哈着气说着词儿,那感觉还真有点冬日里在北京的意思。尤其最后被大象一个鼻子卷起,也绝不可能用替身,语气状态要时刻与想象当中的春晚现场保持一致,万不能到我这儿掉下来。现在回看当时的画面,一些看似简单的走位,动物朋友们惊喜的表现，无不凝结着在这背后所有设计者参与者的心血。而在拍摄过程当中对动物们的谨慎保护，为尊重他们的天性而付出的漫长等待和所有妥协，都让人颇为感动。所有的努力化作最终在荧屏上呈现的——

1分14秒。

也许只有我关注到了这个时间数字，而对大多数电视人来说，大可忽略，在他们眼里，只有对每一秒的投入和专注。

第三次，也是第一次

第三次，我终于以一个主持人的身份，站上了那个神交已久的舞台。耳边响起一首歌："将头发梳成大人模样，穿上一身帅气西装，等会儿见你一定比想象美。"

前文中提起过，当总导演轻描淡写地宣布这件对我来说意义重大的消息时，过程显得过于简单朴素，缺少了我想象当中的郑重其事。后来明白，真正有仪式感的场景在后面。那年春晚略有改变，将一号演播大厅对面的1000平方米演播室改造成了春晚的语言类节目现场，也就是说那年春晚的所有相声小品魔术都不在主会场，而我也在语言类节目现场。这当然不碍事，因为无论在哪儿，这都是春晚，何况二现场的轻松气氛更适合那个初出茅庐的我。想象一下，如果我的第一次就在一号厅，我还不那么够压得住，因紧张而出现问题的可能性不能说完全没有。冥冥中自有安排，在那里放开手脚好好干吧。

这是 2015 年羊年春晚，两个现场虽只有一个走廊之隔，但相互呼应，热闹不减。二现场不算宏大，但主持人的分量不轻，语言更为活泼生动。但排练时，我有点过于活泼了。

春晚的主持词并不是大家想象的必须严格照背，且只字不可改动。我过去也抱着这样的想法，但去了才发现，整个排练的过程中，留给主持人的发挥空间相当大。我常常拿着台本听小撒说，从来都找不到他说到哪了，在原意的基础上，他早已天马行空，而且以他的能力和性格，几乎每场的包袱都不一样，最终按照观众反应，确定一个效果最好的上直播。这无可厚非，春晚是为了让观众乐呵，导演撰稿也鼓励大家在原台本的基础上融入个人风格。只是每场彩排结束后，领导带着大伙儿继续开会讨论到深夜，如果改动不妥当，大都会在这时候提出来，赶早不赶晚，最好三四场彩排下来你就别再变了。下一场彩排你会惊喜地发现，你改动的一段词已经赫然印在了新台本上，这说明：没问题了，照你的来吧。

第一次彩排，我一激动，一张口："今晚，春晚第一次有全民互动！今晚，春晚第一次为相声小品设立了专门的表演舞台！今晚，春晚第一次有尼格买提加入主持团！太激动人心了！妈，你看见我没？"

当晚就有领导提出来："小尼这段，太个人化了，春晚毕竟是全国人民的春晚，在这里有这样的表达，不合适。"

当时，自以为生动有趣，亲和可人。但现在回过头来看，深

第一次遇见春晚女神,就参演了小品《女神和女汉子》,站在我身边的这位,总在女神和女汉子之间摇摆不定。

以为然。春晚年年改，贴近群众的渴望越来越强烈，但归根到底，毕竟还是国家舞台：是全民的春晚，可以有个人风格，但这里的个人不是生活中的你自己，不是在谁怀里撒娇任性的你自己，而是寄托全国观众期待的传播者、连接体、中继器。这当然浇不息我们创作的热情，反而更让我明白所谓"发挥"，是在规矩内放声歌唱，红线里纵情舞蹈。

前段时间录制《你好生活》，邀请到拳王邹市明带领我们完成了一次拳击训练，节目的最后以一场近乎正规的拳击赛收尾。说近乎正规，是因为毕竟是综艺节目，而且在户外无法提供专业的场地。但这让邹市明犯了难，在他心里，无论这是不是娱乐，既然要比赛，就应该无限接近真实的拳击赛场。他提出能否模拟出拳台上的围绳，我们东拼西找凑，实在找不出合适的东西，眼看要天黑，也就将就着开始了。事后，我为自己团队的不够专业而感到自责，一期好节目，并不是请来职业拳手给我们上一课，全力以赴在一个"假现场"打一次比赛这么简单。而是即便自身不专业，也要在细节上尽量无限接近真实。我后来也更明白他的想法，他强烈要求的那四边围绳，在他看来并非一个简单形式，而是在一场比赛中，立下的规矩，围起的红线。一切都得在这六米见方的拳击台内进行，规矩立起来了，随你怎么打，怎么都不会出圈。

往后每年春晚我的那句开场词，更容不得半点含糊。

2016年："春到福来，春风万家又一载。"

2017年："与此同时，中国国际电视台也已用英、西、法、阿、俄五个外语频道在全球157个国家和地区的221个海外合作方落地播出。"

2018年那一句成为绝唱的"中国中央电视台"。（这是"中央电视台"的呼号最后一次出现，之后以"中央广播电视总台"代替。）

2019年："今晚是农历戊戌狗年的最后一个夜晚。"

2020年："与此同时，央视频、央视新闻新媒体、央视网、央广网、国际在线等新媒体频道同步播出。总台英、西、法、阿、俄、中文国际频道和43种外语新媒体也将在全球170多个国家和地区的560多个平台播出。"

经年累月，每年春晚的第一句台词，从不会在记忆中淡漠，而是随着时间的推移越发深刻清晰。而春晚的记忆里那些时常敲打我的，并不是所谓完美的呈现，而是那些个有惊无险的，想起来就后脊发凉的"差一点"。

不出错，不是苛求是本分

怎么都忘不掉2017年的春晚开场，经过长时间的反复背稿，无数次的彩排备战，那一段不长不短的串词早已化作肌肉记忆。也就是说拍一下后背，不经大脑它就能脱口而出，就像一个熟练的流水线工人，有时不用思考，手上的动作千万次地重复，无需担心会出错。但这种记忆方式有个最大的敌人：

临时改词。

若是全部推翻来套新词也罢，无非是用一夜的时间将口舌训练出新的肌肉走位，最要命的是，词还是原词，就是给你改变了语序，调整了说法，更换了数据。这对我无疑是个不小的挑战，无论你怎么背，原来的那一套说辞总是在关键时刻横插一杠，大脑乱了不要紧，唇齿已分不出新旧，就这么勉勉强强抛却了老词，记住了新的，直播开始后，还是险些出了问题。

我接在朱迅之后，当她说完"……军事农业频道、少儿频道并机现场直播"后，那一刹那，我的大脑：

一片空白。

这是我的老朋友，在我的人生轨迹上，总是在关键时刻不请自来。

它第一次出现在我十岁的时候，当时作为小白杨合唱团的小报幕员，在乌鲁木齐的人民剧场，我站在前所未有的大舞台上。因多次排练，我对台词大体胸有成竹。无奈也是在临近开场前，郭团长要求在我的报幕词里加上一句维吾尔语的台词，内容很简单：庆祝六一国际儿童节颁奖晚会暨文艺演出现在开始。但翻译成维吾尔语之后，难度大大增加。

我自小在汉语学校就读，在父母的"双语人才培养计划"的引领下，维吾尔语说得也相当不错。但在维吾尔语中，舞台上的书面语和生活中的口语有着天壤之别（至少对我是这样），只好苦练强记，唯恐拿不下来。晚会开始了，我们上了台，正当我要张口时，突然，脑海里唰的一下，所有记忆被瞬间抽走，就像一片汪洋被瞬间吸得一干二净,哪怕一个字儿都想不起来。勉强挤出"六一……六一儿童节……"卡在那儿怎么都说不下去,顿觉天崩地裂,山呼海啸。然而当时的现场,安静得有人咳嗽一声都如震天雷响。后来发生了什么,整场演出是否顺利,全然不记得,唯独这个失误,刻骨铭心。

后来的一次,也是很关键的一次,就是前文说起的,我参加中学生主持人大赛时,让我从第一名落到第七名,差点和赴京参加全国决赛的机会失之交臂的那次突然断片儿。

这样的失误会深埋在记忆里,像一道伤疤。它明明早已过去了,但日后某个你最在意的时刻,潜意识的琴弦会悄然拨动,"嘣!"从大脑里抽走一切。

如果跨不过去,就会长久地成为心上的一道坎。

回到春晚,人的大脑是奇妙的,我分明感到这段空白延续了好几十秒钟,我想到了很多,现在多少人正在看着我?这一刻会载入史册吗?若是真想不起来,我会否多年都背负着这一失误。

不,你给我回来,你现在要做的,是拼了命去想!头两个字是:"与此……

……

与此同时!"

它来了,继续想!"中国国际电视台也已用……英西法阿俄五个外语频道在全球 157 个国家和地区的 221 个海外合作方落地播出！"

它回来了。

我像是在那片虚无的空白里，拼命摸索。我不想对它缴械投降，我不愿再次妥协，我得找到你，你躲我，我就偏得把你找出来，看到了一个线头我就拼命将你拉扯出来。这一片可怖的空白啊，我只要战胜你一次，往后都不会再怕你了。

心魔都是我们自己造出来的，你越恐惧，它就越膨胀，我们常说怕什么来什么，可来的那些，都是我们亲手制造出来的。战胜自己唯一的办法，就是至少赢它一次，哪怕一次，你就懂得，原来我们比想象的要强大。哪怕一次小的胜利，都会让你在之后的日子里，所向披靡。

一件简单的事情，啰嗦出这么多话来，可一旦没扛过去，那就是大事了。

回家看重播，我鼓足勇气去看我那一句。意外的是，我以为的那漫长空白，实际上却顶多——

0.1 秒。

就着弹幕看春晚

每年春晚，主持人的出场方式都能成为它的头一拨儿热搜话题，2013 年一条长长的台阶从演播厅的顶端缓缓打开落下，2018 年一朵巨型花朵从天而降，2019 年，思思挽着鲁豫，朱迅挎着我，

如果这是一场梦,别醒来。

中间的康辉哥落了单。排练的时候都没觉得有什么，女主持人自然是找离自己最近的男主持帮忙，思思身边就一个男主持，朱迅倒是有俩选择，只是《星光大道》也这么出场，挽着我更顺手一点。最终画面呈现出来，当我们快步走下台阶时，确实显得康主任过于形单影只了。网友调侃说：康辉实力诠释了"当你和两对情侣一起逛街"时的情景。

董卿的口红色号、思思的眉毛、朱迅的芭比粉、我的发际线……

荧幕上是一台春晚，微博上是另一台。

从来都觉得这是春晚之幸，在走过三十七年的生涯之后，一台全球最受瞩目的晚会，本该疲态尽显，但如今它正在用这些方式，不断地"被年轻"，被激活。以往看春晚时的互动都在家人之间，大家边吃年夜饭边热火朝天地聊。但现在，全体网友已经把对春晚的讨论结成一张大网，每个人都乐在其中。过去很多人都是开着电视，该吃吃该喝喝，但现在你脑补一下，为了不错过任何一个可以"吐槽"的细节，更多年轻人，扒着电视电脑手机看，生怕"错过了一瞬间，就等于错过了全世界"。春节期间，哪个春晚梗你没有get到，那简直是落伍的表现。

"武术节目治愈强迫症"，河南嵩山的少林弟子拼出一个大大的"福"字，将国旗徐徐展开铺满整个现场，这个画面我们在排练中看过很多遍，但每一次心都为之一颤。还有"豆汁儿大爷""美妆博主化妆和你化妆""葛大爷笑场"等等，或震撼，或感动，或惊喜，或好玩，春晚已经被网友"玩儿坏了"。如果你还年轻，就知道这里的"玩儿坏"不是贬义，而是真的把春晚当成了自己最亲的伴儿，越是亲，就越在意你，越能调侃，就越当你是自家人。屏幕内外，大江南北，围绕一个主题，奇思妙想在信号里飞奔，包袱弹幕在指尖热舞。

还能不能好好看春晚了？答案是：不能。我们天天提融媒体、台网联合、全民互动，广大观众和网友已经给我们做了最好的示范，还有比这更融合的联动吗？

有件小事，也差点成为春晚梗，只是观众从始至终没发现。

2016年猴年春晚的大开场，我们是在一群舞蹈演员的簇拥下走向台前的。数次彩排相当顺利，我们向前走，前面的演员散开，后面的演员拥上来，在人潮涌动里说开场词。问题出现在直播当晚。在所有演员中，春晚的舞者们尤为辛苦，和歌手主持人以及领舞不同，他们难得被镜头精准捕捉到，找到机会当然拼命往前挤，只要站在主持人身边，就准能清晰地出现在画面里，这也许是电视机前的家人唯一能看清他们的机会。

于是直播当中，春晚开场曲后，我们开始向前走去。大家都很兴奋，刚才还算冷静有序的演员们，这时突然从我们后面一拥而上，我分明感到我被身后一股力量推着往前走。余光扫到我身边的董卿，她突然矮了一截。不好，这是被人无意踩到了裙子，她失去平衡整个人向前倒去。也不知哪来的反应速度，我瞬间一伸手，她下意识地搭上我的胳膊，两人一起使劲。"噌"地站起来了。这时恰好切的是全景，远远看上去完全觉察不出任何异样，只有我们知道。差点儿摔倒的这一下，想起来后怕，所幸有惊无险。

看回放，整个过程毫无痕迹，看她淡定自若地走到位站定了，张口说词，脸上表情轻松愉悦，好像什么都没有发生似的。让我甚至怀疑自己是不是记忆出现错位，想象出了整套故事？嘿嘿，学着点儿，这是个好水手，任它风大浪急，站在桅杆上，内心静若止水。看准了方向，起航。

水手与大船

春晚或许就是这艘大船，船长大副和水手们，换了一茬又一茬，它还是稳稳地航行在大海之上。你定能看清那船长是何许人，水手又是谁谁谁，但你难以见识那些船舱里挑灯夜战的人、码头上维修和装卸的人、灯塔里守护聚光灯的人、那些字幕里快速飞走的人、留下了名字和从未被提及的人。

春晚对曾经的我和大多观众来说，是一场盛大的火热的光芒四射的演出，是半年的时间等来，又用半年的时间怀念的舞台。而对于这艘船上的所有人来说，它是事业、是情怀、是无怨无悔的付出、是心无旁骛的甘愿。我的那些可爱的前辈和同事，那些爱它念它滋养它留恋它的人，尽管都懂得，每个人都只能是春晚历史中的一小部分，都是万千灯火中的一点微光。也都懂得，来之我幸，失之我命，离开只是时间问题，每个人都有下船的一天，到那日，也都会各自踏上新的人生旅程。但只要在船上一天，都心照不宣地为它忙碌，为它奔走，为它爱与恨，为它舍与得，为它留下生活中的积累和遗憾，同时被它成全，被它护卫，因它而走向更好的人生，在它这里学会乘风破浪，学会仰望星空，学会辨明方向。多少水手在这里成长为优秀的船长，从这里开辟人生新的航线。

2020年春晚，充斥着复杂的情感，如何在本该喜庆的晚会中，为抗疫前线和后方积蓄力量、鼓舞人心，成为了对杨东升导演的一大考验，临时增加的战疫节目感动了万千观众，严肃却深情，温暖而坚定。以往每年，直播结束后大家都是归心似箭，恨不得早点回去和家人团圆。但那一晚，心绪万般杂陈，大家都舍不得离开。台领导朱彤朱总，和郎昆总监难得地拿起话筒，发表一番感慨。我看到他们的眼睛，看到他们眼眶里滚动的热泪，听闻他们言语中流露的慨叹，我强烈地感受到，即便如他们般数十载劈波斩浪，他们也依然保有那份水手的初心、新兵的热切，这一切并未随着年月的累加而有半分衰减。

青丝华发，那团火，从未熄灭。

我因着自己能成为春晚历史的那一小部分，成为一名小小的水手而心怀感恩。我常常想，为什么是我？我有否为这份幸运做了足够的努力，只为无愧于它的馈赠？我是否做到了让那些同样怀揣春晚梦想的人，因我的全力以赴，而感到欣慰和鼓舞？

唯有快些长大，用双肩担起"好运"构筑的一切。有时，成长就在一夜之间、一念之间。一个人、一件事、一次经历、一个舞台，就能让你和从前不同。至少自己能听见，细微的，成长的声响。

或许，能成为春晚主持人的这几年是我旅程中最明亮的时刻，但时间不会停止流逝，最美的此刻也会在未来变成"当年的故事"，"当下"会融入过往的洪流。我希望那个时候我能尽可能坦然，对春晚说一声"谢谢你"，谢谢你让我在最好的年纪遇见你。

或许春晚只是将人生的拥有与失去放大了。在移动和变幻中，思考春晚带给自己的成长，好似思考不断迁移变化的人生本身。任何拥有的终会失去，如果这样想，总会觉得悲哀。或许我们从来不能真正拥有什么，只是在路上，经历、体验、拥抱我们遇见的一切。

就这样一直在路上。

嘿！水手，爬上桅杆，努力去极目远眺，把每一天当做最后一天，把每一次日出和日落，当做最后一片美妙的风景。珍惜每一抹霞光，热爱每一朵浪花，试着去和海豚游泳，试着画出每一个星座，随着一场或长或短的旅程，学会珍重和坚守，学会动情和用心。少年终会成熟，停船上岸的那一天，他早已是自己生活的船长了。

GREW UP OVERNIGHT 253

编辑说，这里有张空白页，你想加什么图片？
我看到下一章的标题，突然想到我的两个孩子。
全书并未提及，但他们也是我生命中最美的相遇，
更让我面对过最痛的离别。
虽然和下文无关，但请允许我用这一页，
爱他们，也纪念她。

07 ║ 记得每一次相遇和离别
GREW UP OVERNIGHT

前段时间，有一场《开门大吉》录得很过瘾，说结束语时，竟激动地含泪地感慨："作为一个主持人，在三十多岁的年纪，遇到一个让他灵魂迸发的节目，让他热血沸腾的节目，是一件多么美好的事情。"我们的名字，刻进彼此成长的轨迹里，像爱人，像兄弟。

开门

2013年1月3日，《开门大吉》第一期播出。它的前身就是《开心辞典》。它本是节目组在《开心辞典》即将停播之际，从国外发掘的一个过渡性质的新模式，本打算一边录制《开门大吉》，一边寻找更好的节目方案。而我也并不是《开门大吉》首选的主持人，最初录样片时导演压根儿没叫我去。

然而，谁也没想到《开门大吉》一经播出，收视率就高得吓人，而我也在导演叫来"试试"的一次机会中，受到了《开门大吉》荷兰版权方的认可。双重"没想到"，构成了2013年，一次全新启程。

《开门大吉》真的为我打开了一扇大门。

可以大言不惭地说：这是一个与我血脉相连的节目，它的名字，烙印在我的皮肉里。我们用了七年塑造它，它也用七年成全了我，让我成为了一个多少能独当一面的主持人。我第一次站上它的舞台，就"感觉对了"。

像突然遇到真爱。

"一拍即合"后，随着每一期录制，我一次次与这个舞台的灯光、音乐、呼吸、节奏、气息磨合，在经年累月的循环中，我觉得它也已经被刻上了"小尼"的烙印。

一个主持人，他要经历很久的寻觅，才能遇见真爱，但恋爱到婚姻需要耐心经营，经历无数次的磨合，才能逐渐和节目"灵肉合一"。节目的名字和你的名字紧紧捆绑在一起，你们彼此离不开对方。在走上台的那一刻，你总会立即找到感觉。每一个神态、动作，你都温习过无数遍。走进它的演播厅，内心有个强烈的声音：

我回家了，我属于这儿。

一个适合你的节目，会随着你每一句话注入的真情，每一个眼神投入的热忱，每一次你对细节所做的适合自己风格的微调，变得越来越"像你"，从恋爱到结婚，再到慢慢有了"夫妻相"，以至于有时观众想不起我名字，干脆叫我"开门大吉"，我也心甘情愿，就当是我们的结合得到了祝福，你中有我，我中有你了。

在综艺舞台上，所谓"我"是一种什么样的定义？一个主持

每一个梦想都值得守护。

人应该把这个"我"放在一个什么样的位置才对？在自我和忘我之间又如何拿捏得当，这问题没有终极答案，都需要在经年的工作积累中感悟和收获。

在我与《开门大吉》相伴七年的时间里，我们一起成长，我也和同事们并肩前行，我最庆幸的是，直到现在我们仍对节目充满最初的激情。我很珍惜这份初心，它让我对每一位选手保持热度，对每一个梦想都心怀敬重，想要保护、想要见证、想要成全，这一过程充满幸福感。我们不仅打开了一扇扇梦想之门，还守住了节目组每一个成员的信念之门。对我而言，它给了我宝贵的舞台空间，让我积蓄的能量得以发挥和施展。我似乎也通过《开门大吉》找到了自己，大概明白了所谓"风格"是怎么回事。我感激它，它让我找到自己的位置。

所以当偶尔听到导演们感慨地放着疑似彩虹屁，说"没你不行"时，内心还是格外感激的。你知道自己没有辜负他们——从为节目不断刷新峰值的制作人于蕾，到创办《开门大吉》的刘正举，到几十年如一日勤勤恳恳的主编马蒂，苛刻得有些恼人的导演碧波，还有晓敏、夏爽、孙丹、杨蕾、小翟、沈忱、小石、托亚、孙逊、左放、蛟龙、嘉臻、航竹、硕驰、路南、晓畅、恬林、老孟、刘毅、江哲……每一个颤颤巍巍地把节目捧在掌心里的人都将之视若珍宝，奉如子女。能得到他们的一句认可，便不愧对他们的每一分努力。

就像爱情也需要用心经营，并不断为彼此改变，保持那份初

这一群人的家庭梦想,是希望有更多人拿走梦想基金,
但总得千方百计设点障碍,让实现梦想看起来没那么简单。

心与激情并非易事。

节目一直保持着很好的收视率，但可能正是这样的安全感，容易让人满足于漂亮的成绩单，忽视了让它进步和蜕变的机会。

有些固定台词早已烂熟于心。主持次数多了，你会找到一种套路，这时候你不必使出全力，只要像填空一样把对应的话放入正确的位置，一期节目就过关了。固定每期三位选手，彼此没有竞争，成了败了，赢了输了，开门关门，循环往复。

身处同样的轨道，时间久了，每期节目相差不大，看上去无比忙碌，但当你放空下来的一瞬间，这种重复感会让你怀疑这一切的价值。甚至有时努力显得毫无意义。

这种感受总会逼迫你尝试一些新东西，但你会忽然发现，因为自己太习惯在"框框"里生存，太依赖"框框"的庇护，不知不觉中已经变得放不开手脚，思维也僵化了。

时间一长，便慢慢看这"门"不那么顺眼了。六年多，就开始痒了。

《开门大吉》需要改变，而且是需要在它还未衰竭的时候就开始改变。我们不断探索，终于在2019年迎来了一次重要的大改版。

几经打磨，终于，新的大门，伫立眼前。

第二现场的选手们通过测试，胜出者获得进入场内的资格。高大灿烂的巨门缓缓打开，如同电影《雷神》中，阿斯加德的城门为勇士开启。勇士通过彩虹桥进入"角斗场"，环顾四周，他看见自己已被十二扇巨型大门环绕，每一扇门都有自己的号码，和相应的奖金数额。十二扇大门犹如十二位角斗士严阵以待，一旦被选择，即刻进入战斗模式。他思考片刻，选择一扇大门，迈步向门铃走去……

通过一次次的闯关，他已积累了数目可观的奖金，他可以悉数拿走，为场外的战友们留下更多机会，他也可以势如破竹，不到全部大门开启，绝不收手。决定权在勇士手中，他决意不多作考虑，目光锁定暗藏三万元的十二号终极大门。他前往，他搏斗，他思考，最终败于门前，数万元的奖金瞬间清零，化为乌有。接着第二位勇士被选出，当他走进场内，留给他的大门不多了，但数额可观，面对艰难挑战，他使用了通关法宝：关键字提醒。最终猜得歌名，横扫奖池，得胜而归。

每一期节目都大不相同，我也逐渐习惯了各种极端状况。

有时大门还未被全部开启，八位选手就早已全体折戟。

有时第一人便收割全场，片甲不留，剩下七位空等一场。

不到最后一刻，一切都是未知，这就是真实的力量，它让人欢愉、沮丧，真实地哭与笑。于蕾说："能让小尼先兴奋了，观众才能跟着兴奋，成了！"

的确，这玩法，我喜欢极了。早已厌倦循规蹈矩、按部就班的我，对这全新的规则兴奋不已，这才是一个游戏类综艺节目更好的样子：痛快、刺激，鼓舞人拼搏奋进，激发人的进取与理性，挖掘人心的善念与渴望，也提醒我们笑看输赢。

《开门大吉》重获新生。

此后，越来越多的人，尤其是年轻观众，在我微博留言询问

如果有一天我的心脏出了问题，
改版后的《开门大吉》要承担部分责任。

如何报名，都渴望前去现场一展身手。这扇大门较以往开得更大了，但也同时变得更厚重，只要你有梦想，只要你够勇敢——
请按响门铃。

我的"包办婚姻"

沉迷工作久了，容易把工作当成恋爱，它们真的有相似之处——都有相遇和分别，常常日夜相对，朝夕相处。有的人让你觉得"感觉对了，就是她"，有的让你"只可远观不可亵玩"，有的和你爱恨交缠。那些怎么看都不般配的，到头来日子过得有滋有味。和人与人的关系一样，缘浅缘深，人聚人散，有时没有道理可讲。

《星光大道》和我的关系更像一场"包办婚姻"。

给我打电话，通知我"去相亲"的还是哈导，还是在 2015 年，那绝对是一通沉重的电话。

那一年，困惑除了来自《中国好歌曲》，还来自《星光大道》。前者我苦恼于自己存在感缺失，后者，我反而希望自己没有任何存在感。

那是块刚出炉的山芋，没人会因为临时上任而欣喜万分。大道上的星光虽美，却不是我的。

节目创办之初，我才上大二，虽然不是多么忠实的观众，也算仰慕她的众多百姓之一。但要真让我与之牵手，我的反应不是受宠若惊，而是"这都哪儿跟哪儿啊"，我们是因包办婚姻而走到一起的二人。她的灵魂属于别人，她冷眼看我，漠视我。我也不敢走近她，怕冒犯她。

这样的两人，被捆绑在一起，你们的婚姻幸不幸福，众人都等着瞧瞧。

她是一个高不可攀的舞台，任谁站在那里都必须做好直面质疑的准备。可惜的是，我还没有准备好。手机里时不常会跳出一些小文章，微博里也习惯了偶尔出现的差评："自从你主持了我就没看过""你真不适合这个节目""你的存在很尴尬"……我在《开门大吉》建立起来的自信，到了《星光大道》基本损耗个一干二净。我知道观众并不是苛刻，大家是不习惯、不适应，所以不接受，谁又能知道，我也同样在不适感中挣扎。

有时连我自己都不敢看播出，怎奈我那忠实的两个大粉丝，哪壶不开提哪壶，每到节目播出就雷打不动地坐在电视机前准时收看。我不想扫他们的兴，但也实在不愿意去欣赏自己拙劣尴尬的互动，不愿面对那个不好的自己。

有时即使天上掉馅饼砸中你，有时即使你拥有了人人羡慕的珍宝，但如果你能力不够，捧在掌心，也烫手。

还记得哈导当时的允诺：你们就是先扛一扛，之后会有新的安排。这一扛就是五年。在我扛不住的时候我去找晓海总监，他语重心长地跟我说："要学习，要成长，先扛住咯！"

郎昆总监来时，我们在光华路办公区第一次打照面就聊到这事，他说："这事我知道了，再等等，我搁心里，你先好好录节目。"

然后就录到了现在。

每年录制总决赛前，我都暗下决心：咱得好好收个尾，录完就撤。可节目组每年都有一番"神安排"，就是录制总决赛那几天，总要加录几场下一年的周赛，让你永远进退两难。制片人许志刚说："小尼，咱得录新的宣传片了。对了还得拍几组海报。"

对此从来都有清醒的认识，人家留你，并非你有多么不可取代，而是频繁调整主持人对节目有伤害。这不是妄自菲薄。虽然节目组每个人都常常给予我莫大的鼓励，有些是真的看到了我的进步，有些也不过想给我点信心，总之想转身离开这个舞台怕是没当初想得那么容易。

这时候就常有一种声音在你耳边萦绕：既来之，则安之。

我们很容易被这样的观点所绑架，我也不例外。所谓斯德哥尔摩综合征，就是让你在种种不适中，突然找到了一种异样的归属感。

我学着去倾听，听师胜杰老师妙语连珠的点评。每次到他张口，我都有即将要读到一篇美文的期待；听朱哥长笛黑管萨克斯手到擒来，偶尔喊两句左权民歌也不在话下，他真性情地拿起放下，让我受益匪浅。但最让我感动的，是看到那从土地里长出来的选手们，从生活里拔出来的歌者们。他们带着最朴素的愿望，操着最地道的乡音，从天南海北来到那方舞台，去唱去说去圆梦，去享受这个对他们来说能改变人生际遇的舞台。知道我在这里听到最多的话是什么吗？你可能都想不到，听起来也有些夸大其

词,但真的每隔一段时间就能频繁地听到人说:

"我爷爷(奶奶/父亲/母亲)生前最大的心愿就是看我上一次《星光大道》。"

我站那儿听着这些,想到这个我并不那么"待见"的节目,在亿万观众心里还是有着巨大的分量的。十六年了,也许你真的会说这节目我从来不看,但我也知道在中国广袤的大地上,她还是被许多人奉为百姓的舞台。太多年轻人为了自己的梦想,或者更多时候为了让家人为他自豪,为了让父母在村里能抬抬头,而来到这里。事实上他们确实被这么一档节目改变了人生。

我呢?从五年前的某一天开始,站在选手的左侧,哪怕是听他们说说话、诉诉苦、聊聊幸福,我就如同阅览了他们平常中闪着光的人生。仿佛跟着外卖小哥在风雨里加急送餐,嘴里含糊不清地吼着《平凡之路》;仿佛和牧场上的乌兰牧骑队员们,在忙碌的一天过后,随便席地而坐,在温柔的霞光里疲惫地哼唱着《草原夜色美》。每一个人从哪儿来,我就能被他们带到哪里去。去看他们扎着根的地方,去了解他们一路走来的艰难波折,去触摸他们认清了生活的真相后,仍然热爱生活的那股韧劲儿。

我以为这是个比赛唱歌的节目,我想我错了,其实她是一个人,一个和我们那么亲近的家人,听你唠叨唠叨,抱怨抱怨,给你时间让你说说最近的好事,你流泪的时候她借你个宽厚的肩膀。她从不嫌你跑调,不笑你肢体不协调,你高兴就行。她给你舞台,你玩个痛快。

可怕的是,我居然有点爱上她了。

这还不像一场成功的包办婚姻吗？时间长了，你就知道什么是合适：合适不是天造地设，合适是先踏踏实实过日子，你为了她变得更好，回过头来看你们走过的路，拌过的嘴，伤过的心，都是幸福路上的砖。和朱哥在一起时，像兄弟，相互照顾，安定踏实；和朱迅在一起时，像夫妻，有时争着在家做主，有时互相谦让得肉麻，我们之间有火花，甚至有时还冒着火星子，好的不好的我俩一路扛过来；偶尔相互嫌弃嫌弃，但真到谁有事来不了，剩自己一人在台上，浑身别扭；有时又像兄妹（不自觉地打出"兄妹"二字，而非"姐弟"，这更符合我们真实的关系吧！），打打闹闹，半真半假。不知不觉，在这台上生出了根须，不知不觉，离不开了，走不了了。

但谁能保证永远？永远就是一个个攒起来的今天。两年前我说不出这话，但我觉得最让我成长的舞台，不见得是"开门"，不一定是春晚，是"大道"。

我得感谢她。

如果说我和《开门大吉》是灵肉结合，和《星光大道》则更像是同舟共济。主持人为节目加了多少分有待商榷。依然会有人说我很久没看电视了，也很久没看"大道"了，但她的变化有目共睹，不容忽视。

但《星光大道》还可以更好，我们有时还固执地认为年轻观众是孩子，但他们反倒是观众群中看得最清楚最明白的一部分人。当观众意识到被尊重，他就会心甘情愿在你这儿停留，才会有口皆碑地替你做"自来水"，为你自动在网络世界打开新天地。

"小尼,有观众反映我俩互动太亲密。"
"我大胆猜测,这位观众姓王吗?"

在陪伴《星光大道》的这五年里，我逐渐发现树立一个贴合本真的"我"，才能走近每一个扎根土壤的"你"；放下一个顾影自怜的"我"，才能拾起每一个心悦诚服的"你"。一切技术和包装的突破，都不如真正走进人心，走到观众中去来得重要。带着观众抵达沸点，才能成就一期又一期好节目。

包办婚姻熬成了举案齐眉，将来的事谁都说不准，但对这个舞台的爱，已经孕育滋长，无法逆转了。

即使一切终将消散

尽管《开门大吉》也会像当年的《开心辞典》一样，在岁月的更迭中褪去光芒。

尽管在《星光大道》，刚刚产生了依恋，告别就会猝不及防地到来。

尽管我不可能长久地留在任何一方舞台。

这里有太多的来来去去。

我视作真爱的，总有一天也会像老夫老妻一样，虽然彼此爱恋，但已找不回当年的激情。

甚至那些美好的过往，人与人的关系，也会在恰好的一天画上句点。

尽管一切终将消散。

尽管如此，我还是想在自己存在过的这段时间，留下一些痕迹。

思索自己所做的一切努力的意义。

这究竟是为了日后潇洒地挥手再见?

还是只为不枉来这世上一遭?

或者仅仅为了对得起那些白天和夜晚,一个个成长的分秒。

答案不重要,重要的是:

微笑,抬头,带着成长赐予的淡然,向生活说一声你好。

08 ‖ 你好，生活
GREW UP OVERNIGHT

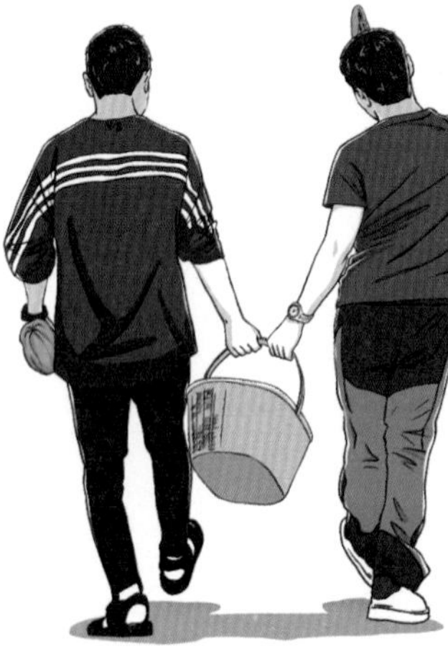

生活的恩赐

刚从青海回来的那年,一次出完差回京的飞机上,我和一位主持人前辈坐在了一起,和她天南海北地聊,聊到了眼下的生活状态。她说她忙得根本没时间生活,一场接着一场的录像,一台连着一台的晚会,一趟跟着一趟的出差,每天回到家倒头就睡,第二天起来接着干活儿。听完有些害怕,尽管当时我面临的问题是没活儿可干,但不知哪来的底气,开始在心里劝诫自己:将来我可千万不能活成这样。我可以努力工作,但工作除了要创造价值,更是要为了好的生活。这么多年过去,和她的对话,以及我内心的旁白,至今记忆犹新。想来我是不断在提醒自己,别为了工作迷失自我,要珍惜平凡生活。

因此这些年来,所有工作的日子,我都尽全力,所有不工作的日子,我也不敢怠慢。认真做一顿饭,从备料到摆盘,从上菜顺序到餐桌布置;用心做一篮面包,感受面团发酵的神奇;认识每一种香料,学会属于它们的魔法;在菜市场挑出最新鲜的番茄,在超市里一排排地认识每一种食材。我热爱美食,尽管它们最后会变成腰间和脸颊上的肉,让我在每年春节前都付出巨大代价和耐力让它们消失，依然从未动摇我对它们的爱。

我想这和我的名字有一丝奇妙的联系。

"尼格买提"的意思是恩赐，恩赐的什么呢？按照维吾尔族人对食物非同寻常的尊敬，我想我名字的完整涵义应该是：感谢赐予我们美食以满足我们生存的需要以及丰富了我们对人生的理解并激励我们对更美好生活的追求和向往。

若问我的名字什么意思，无外乎这个。

于是我果真成了一个被生活赐予了好运和美食的人，而我还以生活的，是对美食的顶礼膜拜。

我首先膜拜的应该是高高放在洗衣机上的层层糕吧。没错，鉴于20世纪90年代初我家的居住环境还很局促，妈妈在厨房里做好了蛋糕就把它们放在洗衣机顶上冷却。妈妈通常会汗流浃背地在一个由阳台改建成的厨房里，捣腾她托人从苏联运回来的巨型烤箱。那大概是我遇见的第一台烤箱，那时候我从未感知未来的自己会为一台台不同型号的烤箱着迷和心动。

眼前的这台烤箱，幼小的我，潜意识里对她的钟情让我依然还记得她身上的每一处细节。金属材质，通体漆上了白色，高约一米，顶部是边长约六十厘米的正方形灶台，有四个煤气灶眼，完美而强迫症似的排列整齐。光是这四个灶眼就已经让她在那个时代脱颖而出了，更别提她最洋气的部分，下方的大烤箱。和如今的电烤箱不太一样，或者说有点麻烦的是，这姑娘需要点火，我是说真的那种：点火。

右手划着一根火柴，同时左手迅速扔下火柴盒，摸到烤箱对应的旋钮，在火柴靠近烤箱内部下方一个小洞的同时，扭动旋钮打开煤气，"轰"的一下，着了。说得容易，但每回也是要经过五六次的失败才能成功那么一下，随即欣喜，关上烤箱门，让她预热准备。

我从小觉得没什么是妈妈不会的，也坚定地认为她做的甜品应该是世界上最好吃的，无人能比。我爱扒着橱柜看她一遍遍地搅拌、加料、擦汗。去爸爸书桌上抽出几张稿纸，那是新疆人民出版社白底绿道的稿纸，她小心翼翼地折出印，裁好边，放进那个时代最常见的长方形铝制的饭盒里，里面均匀刷上油，这就是烤盘了。饭盒大小的烤盘做巴哈力很对口，做出来的大小和形状颇似我们现在常说的"磅蛋糕"。决定它美丽咖啡色的是可可粉和蜂蜜，到现在我都记得这个原则，想要得到蛋糕惊艳的色彩，蜂蜜必不可少。

层层糕就需要大一点的烤盘了，一层一层的蛋糕坯单独烤出来，同时在灶台上用一只小铁锅，把牛奶和糖熬成焦糖色的炼乳，这是我的最爱，每次妈妈做蛋糕用剩了，我都会拿一把勺，把那只香甜的小铁锅刮个干净，把勺子舔个遍，满心的甜蜜感。炼乳需要在每一层的蛋糕之间均匀涂抹，好让它们牢牢粘在一起。

妈妈将粘好炼乳的层层糕放在洗衣机上，在表面撒满核桃碎。接着她又去爸爸的书架上拿下一本《辞海》，那是我见过最厚的书，两手拿不动，每次想看时，就把它放在腿上一页页地翻，沉着呢。我也喜欢快速从头拨到尾，闻一闻那书里油墨的奇香，这味道让人上瘾。一本《辞海》的重量刚刚好不会伤到蛋糕的形状,也足够把它压瓷实了。到第二天层层糕才算是做好,妈妈切下边上的一角,喂给我吃。那香甜柔软的口感,好得恰如其分,至今回味无穷。至于为什么只给我切四边和四角吃,我当然明白,中间的,完美的,留给妈妈强迫症患者般的宴客餐桌,两三盘放上去,它们就淹没在极其丰盛的,甜品的海洋里了。

后来有一天,在我有了自己的家,拥有了较为独立的生活之后,我买了第一台烤箱,以及平底锅,还有全套刀具,当然少不了红酒杯,这些常用的物件都备齐了,我才觉得这家像个家。我完美地接受了妈妈的基因,成为一个不折不扣的强迫症患者。

第一个客人按响门铃之前,我可能还在调整刀叉与餐盘的距离,仔细计算桌上的一切布置到底是轴对称比较好看还是对角对称比较舒服。人活成这个样子,即便是累得身心俱疲,只要客人能注意到和大加赞赏,一切都还值得,可偏偏我的这一帮朋友们,从来就对布桌摆盘这件事,毫不在意。近乎瘫软的我啊,远远看着已经混乱不堪的餐桌,脑中其实也会闪过一丝"我图什么"的想法,但追求享受食物的仪式感,以及用自己最大的期待放大食物之美,已经深深插入我的魂魄,就算被人无视,也在所不辞。换句话说,也可能我费心尽力做的一切,仅仅是为了满足我自己,对于"美好"这事儿的欲望。

五分钟后,
这盘抓饭将粒米不剩。

面包拥有灵魂

　　美好其实在生命中很多个角落藏着。去年夏天的某日,我坐在一家有着咖啡馆功能的面包店里,外面刚刚下过一场瓢泼大雨,对于北京的夏天来说,午后雷阵雨虽然常见,但彼时汹涌得有点过分。我坐在窗边的位置,看着外面躲雨疾行的人流,写下这段文字,分享我人生中关于美食的故事。这家咖啡馆宽敞舒服,除此之外并无太多过人之处,唯独有一项最具人气的内容,每晚五点准时吸引大量食客排起长队,趋之若鹜。那便是他们家的镇店之宝,名曰"脏脏包"。好不容易买到一个,毕恭毕敬地拿到眼前,四下张望确认无虞后轻轻下嘴,一口咬下去,表面的可可粉从嘴角喷射出去,口中迅速流入浓郁的巧克力酱,层层酥皮之间发出微弱却动人的声响——嘎吱吱,各种质感在齿间断裂、分散、融合,直到咽下去。它果然不仅仅是传说。

　　如今虽然脏脏包也成了传说,但对面包的偏爱,从未消减半分。

　　为什么对面包有一种偏执的热爱,因为我自认为,它是所有人类食物当中,为数不多拥有灵魂的。如果你不同意,亲自做一次面包,你就明白我说的不假。面包是世界上历史最悠久的食物之一,近一万年前,人类逐渐驯服野生小麦,让它们从山野平原偶然所得,变成如驯化的牛羊般在人类的村落里集中种植,没有人说得清是谁第一次将麦仁偶然研磨成了粉状,也没人知道下一个又是谁,在无数次的尝试中洒入了一点水,发现原来面粉和水融合后会变成一种新的形态：面团。在食物匮乏的日子里，又不知是谁，偶然将它如烤野兔般拿火烘烤，居然飘散出了人类"闻所未闻"的香味，引来整个村落的注意。逐渐地，它变成了人类食物中的一个重要选项。

直到有一天，可惜这个日子从未被记载，但一点也不影响它在人类历史长河当中非凡的意义：一个女人，在揉好面团后去收割麦子，日落后等她回到家中，意外发现面团变质了，它膨胀成数倍大，从这一天开始，它被第一次注入了灵魂：发酵。

混合了酵母的面包简直就是从一个死亡植物和水的混合物，变成了有生命能呼吸的生物。酵母里的细菌释放自身能量，把身旁所有无生命的蛋白质和碳水化合物激活，它们逐渐苏醒，伸展，张开双臂，以新的面目，拥抱周遭的空气。

面团如何在手中揉入感情，就看你用心的程度。最初必须严格按照配方，计量秤重，小心翼翼。这是你与面团相互了解的过程，它爱喝多少水，它对酵母和盐的敏感度，用多少橄榄油能使之充满最柔软的香气，又不伤害发酵的进度。

我与它接触的过程，其实也是它在探索自己的过程，待它与我的手都变得光滑有弹性，就可以让面团安静一会儿，我称之为孕育灵魂的阶段。我们可以想象容器里正发生着怎样的变化，温暖的空气为细菌创造合宜的环境，活跃的菌群又为面团一点点地注入生命。

其实做面包最有成就感的时刻并非它的出炉，而是发酵成功。你揭开容器上的盖儿，看到一只两三倍大小的面团，用尽力气绷紧了皮肤,丰腴得不可想象,你会知道今天的面包正趋近完美。从初恋时的小心翼翼,彼此试探,到热恋中放肆深情。越懂得它,懂得食物,你就越知道它需要的是什么,这个时候就可以扔下配方,尽情发挥,随性添加,甚至有时候一点点的肆无忌惮,面包还是会回馈你成功的味道,它知道你不会越界,你也知道它从不让你失望。

因此每一次亲手制作面包,我都会有种创造生命的使命感,虽然这个生物会旋即被我送入烤箱,用难以想象的近200℃的高温烘烤四十分钟,相当于再次置它于死地,但这是永久性地凝固其生命的办法。当然还有其他比如蒸、煎、炸等等,但无一不是用热火来毁灭,并助其新生。反过来,面包会向你回馈更多,它喂饱你,赐予你力量,它给面包师以生计,它穿越时空以各种不同的形态繁衍生息。

比如:馕。

我小时候从未觉得馕跟面包能扯上什么关系,但从历史的眼光来看,馕还真可能就是吐司的祖先。两河流域的面包向西南传入埃及,向西北攻占小亚细亚直逼欧洲,向东沿丝路传递到中亚,成了西域人最常食用的主食。在开放包容的盛唐,它又以"胡饼"的名称,通过长安的粟特商人扩散到华夏的北方和南方。每一次的传播,形状和样态应该都有改变,但性质从未变化。东西方间的丝绸之路上,除了互通的珍奇瑰宝,瓷器纸张,丝绸布匹,香料药材,也一定有馕和其他美食的一席之地。

小时候,放学过个马路去街对面的馕店,买两张刚出炉的馕,

烤箱里烤不出老馕坑的味道,你闻到了吗?

是我在家里的职责。有时候他们做得慢了一些,我便守在馕坑边,观察伙计是怎么把洁白柔软的面饼,神奇地变成脆香的馕。伙计身前围着一个大皮围裙,脑顶扣着小帽,脖颈上往往都挂着一条毛巾,他熟练地把展开的面饼单手拿起,轻松地在手上转上几圈,麻利地倒扣进一个装满洋葱末的搪瓷大盘子里,再迅速拿起来,反铺在一个锅底状的托儿上,手上沾水涂在面皮的背面,快速拿起托儿顺手拍在馕坑火热的坑壁上,因为饼底有水,它便能轻松粘在馕坑里。

我会趁他回身再取一个面饼的空档,伸长了脖子想看看馕坑里到底长什么样,只见里面贴满了馕坯,有刚放进去的那张白的,还有几个颜色渐渐焦黄,最深的那个表面的洋葱都有点烤焦了,那便是熟了。伙计拿起一根长长的铁杆儿,一端是弯的尖钩,他快速分辨出烤好的那一个,用杆头的尖钩,钩住馕边,从馕坑里拿上来,一整套动作下来,行云流水,毫不含糊。此时我的手上已经是热乎乎,香气四溢的了。我只能两手轮流倒换着才能端住它,这一张馕,能在我过了马路跑上六楼之前,在妈妈做好的奶茶倒进碗里之际,依然保持那烫手的温度。

这温度刚刚好,足以让爸爸耐心地在上面涂抹一层黄油,一层蜂蜜,后来生活好了,再来一层树莓酱之后,时间恰好能融化所有美味,成为一块世界上最美味的馕。如果有面包界的选美,爸爸每天为我制作的那一块,一定是冠军。

一张最平常和最廉价的馕,都有属于自己的来历和故事,它在家人手中,又能变幻出无尽的味道。所以无论在这个世界的哪一个角落，无论是蓝带大厨还是一个普通的母亲，制作美食的秘诀永远是：大自然恩赐的食材，和来自内心的记忆和情感。

食物的疗愈

我的基因里应该写满了关于吃的一切，而我觉得这还远远不够，未来还有太多的美好等待我去探寻。美食从来不只是美食，而是我们与这个世界联系的通道。食物会让你对生活产生独到的见解，它们甚至能在我们最低落的时期，给予我们旁人无法给予的快活和安慰。想象一下热烘烘的面包切下第一片的声音，想象一下一块黄油在它的身上慢慢融化和滑动的样子，它给我们的远不止味觉享受和果腹那么简单。

记得有一年录制《中国好歌曲》，录像地点在遥远的嘉兴。这类节目的制作过程漫长而艰难，当年年轻气盛，身上有用不完的劲儿，但每天录像都是从中午到深夜，末了都是拖着疲惫的身躯回到住处。

这个世界不怜悯任何人，也不总宽待我们当中的任何一个，你无力的时候，它是何等的残酷，当你强大了，它又温顺得任你摆布。世界的面孔，其实由我们决定。灿星的导演都告诉我，华少开朗善交流，他会在录像间隙自然地拿起一瓶红酒去和导师们闲聊。你都不愿意真正融入这个节目，你怎么能指望它对你温柔以待？所谓性格决定命运，我从来都以此为挡箭牌，帮我推卸一个个我不愿面对的常规。

有一晚结束录制回到酒店，前台工作人员叫住我，给了我一个小纸袋，拿在手里热乎乎的，隔着纸袋香味扑鼻，我打开看到了一块异常巨大的巧克力曲奇饼，原来这是酒店的特色，入住时都会送客人一块。我拿着它上了楼回到房间，烧了壶水，茶杯里放入一枚红茶包，水开了冲出一杯热茶。洗完澡，卸完妆，穿着浴袍坐在床沿，一手端着茶，一手拿着饼干，面无表情。喝一口，吃一口，神奇的是，饼干随着热茶，一点点地把一种奇特的温暖，顺着食道冲进胃里，再通过血管缓缓将之蔓延至全身。

你知道那种感觉介于幸福和平静之间，没那么幸福也没那么平静，但对我足够了。这块饼干没有办法真正治愈我，面对我所面临的挑战它更无能为力，但它用另一种方式抚慰了彼时糟糕的我，即便它仅仅是低筋面粉和大量黄油和糖以及可可粉的混合物，也具有让我瞬间放松的超能力。

我想你会懂，最累最无助的时候，一块曲奇饼干，就够了。

这可能就是为什么我会那么热爱食物的原因，尽管往往在一些特殊时期，比如备战除夕的阶段，需要暂时和我爱的它们分离，为了节省宝贵的镜头空间，为了不至于让我身边的其他主持人显得过于瘦弱，大概为期一个月的体重控制势在必行。但你懂的，直播结束回到家的那一刻起，我又与它们缠绵悱恻水乳交融，直到再次变胖循环往复，从未间断。时间长了，对于减肥这件事也有一些心得体会。

比如说在我拼命减肥的阶段，往往采取以毒攻毒的极端策略，比如端详手机里的美食照片，比如深夜把它们发上朋友圈和朋友们共襄视觉盛宴。极端的考验并不见得会打破我的大计，反而会让我的头脑里产生"最饿的感觉不过如此"的想法，从而更能抵御种种诱惑。然而与此同时，看到朋友圈图片的朋友们往往经不住如此的引诱，大概纷纷起床去翻箱倒柜找吃的了，这从来都不是我的初衷，但身边的朋友越胖越显你瘦的真理，我相信你也明白。

在遥远的原始社会，几乎不存在肥胖的问题，人们躲避野兽随时准备奔跑，偶得猎物也要全体群落成员一起分享。在那饥肠辘辘的时代，人类的食谱反而比现在更加丰富，我们什么都吃，但我们什么都能迅速消化掉。我们对高热量食物的追逐可能也是从那时起写进了我们的基因里，脂肪和糖，能为食物匮乏的日子

积蓄足够的能量,虽然我们与祖先隔了几万年,但看到蛋糕和炸鸡腿时的冲动,却来自他们。所以请更加坦然地热爱你的热爱,食物也从来不会让我们失望。

当我品尝一道红烧带鱼,就想到二十多年前在姥姥家那张圆形的餐桌。我们全家围坐,姥姥端上一盘她最拿手的带鱼,酱汁浓郁,肉质细腻,那是专属于姥姥的味道。

当我在北京的新疆餐厅里吃了一勺抓饭,我也会想起全家人欢送我去北京上学的那场家宴。妈妈做的那一大盘抓饭,它香甜的味道和每个家人脸上的表情,他们穿的衣服和他们说的每一句殷切嘱咐,以及那份复杂的离别情感,都清晰得触手可及。

当我在北京家里,每天早上拿起一块馕,涂抹一层黄油一层蜂蜜,我就能想起,在乌鲁木齐市胜利路 90 号院那个小小的家里,我和哥哥姐姐们坐在一起吃着早饭,爸爸做好他招牌的黄油蜂蜜馕,第一个递给我。我甚至能想起圆桌上铺的是绿白相间的塑胶桌布,也想起就在这桌边,爸爸一手拿着小树枝,逼着我吃下一大盘拉条子的画面。

人的感官丰富得超乎我们的想象,一种味道承载的远不止营养那么简单,它带着我们成长的点滴记忆,顺着味蕾,进入大脑,深入灵魂。

食物是恩赐,同时,它们治愈,它们抚慰,它们给予意义,生活的意义。

你好生活

两年前，集合一帮伙伴，试着做了一档公众号小节目《你好民宿》。大宝负责导演，我负责找人，纯属自娱自乐，顺便看看自己几斤几两，找找价值。嘉宾多是我的朋友，没有赞助，也没有正式推广，自己出钱，"24格"的兄弟们友情帮忙，正片只发在自己的个人公众号和微博上。把沙溢骗来录过一期，在青城山的夜色里吃着火锅聊过天，把"好妹妹"请去厦门看过海上日落，身边好朋友们都来帮过忙，实在找不着人了，便把爸妈搬出来当免费嘉宾……这节目简单、纯粹、没植入、不说广告，但像百家宴一样，承载了很多人的支持与帮助，就这么一直做下去，也是一季不错的节目，但前辈们的成绩让我心里升起一股冲动。

2017年，董卿策划制作的《朗读者》问世，2018年，朱军担任制作人的《信•中国》与观众见面……这对我们莫不是一种激励。

正巧此时综艺频道正广发英雄帖征集创新节目，我突发奇想，以《你好民宿》做底，我能否也将一部能展示自己认同的价值观的、能呈现自己在生活中真实的样子的节目带给观众？

那时，《你好民宿》已经录了五期，正在筹划第六期。一个显而易见的机会摆在我面前。问题是，我要把这个自己完全随心的节目变成一台需要从头策划、招商、组建团队、拍摄、审核、最终在央视播出的正规节目吗？

如果答案是肯定的，我就要停下第六期的筹备，转而为台里

"你知道当年胡可怎么追我的吗?"

"哥,可能她自己都不知道。"

我当时在想:这俩嘉宾真好。

能歌善舞、综艺感强、卖力配合,还不用给劳务,完美!

的征集活动归纳资料。更重要的是,我要为本来没有明确目标,着重表达自己私人情感的《你好民宿》重新划一条路,它将并入我的职业轨道,从此成为我的工作。当然,我也许不能再随心所欲地做自己想做的内容。我要参与竞争,还会增加许多琐碎的工作,一定会很累。

思忖再三,我还是决定,全然不带希望地,试试。

团队暂停《你好民宿》的录制进程,专心备战。我们精心准备讲稿,一遍遍排演,因为有《你好民宿》大量视频资料,使得节目介绍并非停留在 ppt 和模拟画面里,而是真实地呈现在领导和评审面前:"看,这就是《你好生活》会有的样子。"

说话是主持人的基本功,但以准制作人身份讲解节目,还是令人十分紧张。好在我开场就准备了让大家放松的小段子——你们知道,这是我缓解紧张的一种方式,一上台就开个得体的玩笑,紧绷的氛围能瞬间松弛下来。演讲结束,放一段一分多钟的成片,时间不多不少刚好十分钟。接下来是领导提问时间,除非节目极受关注,领导此时一般不会提问。但这是程序,必须走完,像所有在我之前上台的演讲人一样,我要面对长达几秒的尴尬。但上台前就想好了,我要利用这几秒的尴尬,补充自己放不进十分钟的内容。

领导没提问,低头看稿,等着主持人叫下一位。这时我开口了:"那我问自己一个问题吧!"

所有人抬起了头,惊讶但好奇地看着我,下面坐满了频道制

《你好民宿》是初心也是起点。

片人们,大家善意地哄笑起来。

看领导没反对,我自言自语起来:"那么小尼,我想问你一个问题,《你好生活》将如何结合新媒体,做到先网后台,以及全平台媒体融合播出?"

我又用了一点时间简单回答,把原本遗憾删去的内容补了回来,结束,掌声,我松了口大气。

走下来看着大伙儿温暖的眼神,就在那时,我亲耳听到了体内骨骼肌肉组织细胞滋滋作响,这种感觉真好。

又经过几轮这般竞逐,《你好生活》进入前十,正式入选频道新节目方案。

接下来就是找投资了。节目最初的招商顺风顺水。我去开会时,一进门,吓了一跳:中视电传的同事们坐满了一屋子。李总坐在我身边,招呼大家一一跟我过招儿。每一个品类的负责人分别向我询问产品如何植入如何露出,我耐心地一一解答,照顾完了左边看右边,前排聊完聊后排,整整一下午说得口干舌燥。似乎大家都得到了满意的答案,一张张饼画在了他们眼前。说来你们可能不信,我是个从来不敢在会议上当众发言的人,这和儿时的性格一脉相承。那一天,起初也是语无伦次,但不知不觉,在和最后一位同事细谈过之后,我环顾四周:

"还有谁?"

这种感觉很过瘾,我又一次仿佛听到了骨头缝里滋滋作响,那是成长的声音。

但很多事也并非你想象中那么简单，永远不要对一个目标抱有百分百的把握，往往几乎所有的"势在必得"，最终都会铩羽而归。我想对此你一定深有感触，仿佛是宇宙间冥冥中的一条定律，专门用来惩罚那些志得意满、收敛过高的期待。

原以为异常顺利的招商，不出意外地，出了意外。

回到那一次大家势在必得的招商策划。原本当天会议室里讨论声电话声齐响，大家纷纷报告好消息。某品牌愿意投，某企业想合作，这阵势让我备感鼓舞。但仅仅一两周后，当我再一次回到那个会议室里，大家全然没有了当时的壮志和激情，一问才知，很多客户上半年预算耗尽，下半年又入不敷出，由于对节目信心不足，纷纷收紧观望。

好不容易建立起来的信心顷刻瓦解。有人提醒我，距离频道创新节目发布会没几天了，发布会来的都是广告客户，我将当面向他们介绍项目，也许还有最后一丝的希望。

收拾心情，干。

联系嘉宾，列出"确定来""答应来""有希望"等几个级别，好在演示文稿里轻重有别；重新剪辑《你好民宿》宣传片花；在讲稿里真诚坦白这是无赞助、无经费、无支持的"三无产品"，"若有了你的投入，它将何其精彩？"大量压缩情怀，不作无谓价值输出。直面客户，讲清投入和回报，用真实细节打动人心；传递新的植入理念，强调"植入生活，才是好的植入""既然产品用于生活，那植入更应扎根生活""拒绝刚硬宣传,广告润物无声""要让观众看到我们用，而不仅仅听我们说"……

我在台上感觉被一位激情饱满的广告代理商附体，不断戳到在场客户内心需求的痛点，我有点不相信这是我自己，明明从没干过的事，在台上却得心应手。现场掌声不断，我甚至听到之前昏昏欲睡的人，现在连连喊好。我知道我没辜负昨晚一起挑灯夜战的小伙伴们，字斟句酌熬到天亮的我们，如今仿佛感受到了整季收官的快意。

好在大家很清醒，知道我们吹出去多少牛，就得付得出多少力，要让每一纸蓝图尽量映照现实，不辜负每一份信任和支援。

那次招商会演讲的结果是：下了台客户纷纷留名片、定意向。我们亲手把流失的都找回来了。

人的力量来自于何处？

或许每个人都不同。对我来说，如果让我为自己争取更多主持机会，我有十万个理由拒绝，但想到制作人要为团队努力，而不仅仅为自己，我就不能退却。不喜欢的事，不想做的事，制作人都要去涉足，他要在团队周围牵引无数根线，为大家创造更多可能。

我从未萌生过这种"拼"的意愿。

原来前进有时是需要负重的。

我无法一个人生出勇气，但如果是为了别人，尤其是我在乎的人，我发现自己愿意去"争"了。

主持人，永远在最安全的内圈，但若想当制作人，我要在外圈，要奋斗，要站出来保护自己的团队。原来这不是"争夺"，也不仅仅是一种"责任",而是"争取"。拼尽全力,是为了争取一群人的生存空间。

几个月后,当我和《你好生活》的团队成员结束了一期拍摄,准备大合影时,我赫然发现,相机镜头已经装不下团队所有人了,很多人要插空才能露脸。不知不觉中,这个队伍已经如此壮大,殚精竭虑的总导演大宝,总策划汤颢,导演晅怡、未来、王玺,跑前忙后的小巴、玉泽、晓曼、常乐、琢琢、明昊、超超,张图麾下带领的"24格"的兄弟们,后期的宣宣、肉肉,尽心尽力的晓敏姐,天天与嘉宾团队周旋的孙丹。当大家笑容满面地对着镜头大喊出"茄子"时,我突然热泪盈眶。回顾整个过程,我的心正是在大家的情感包围下获得力量、渐渐转变的。我突破了原有的思维桎梏,放下了狭隘的自尊心,让自己的心融入集体。我的世界一下开阔了许多许多。

还记得拿着方案去找郎总,他语重心长地说:"向你的制作人前辈好好学习,他们在我办公室里一坐就是一下午,找我死磕。"吕主任三天两头打电话督促:"抓住机会,好好准备,胸有成竹后就出发。"观众看到的是节目,我脑海里都是这些面孔。

如果这个节目有另一个名字,那应该是《那些男孩女孩教我的事》。这其中,当然还有他们:

小撒是个怎样的人,大概被大众了解得很清楚了,但其实没人真的了解他。大多数人看到的,也只是在综艺舞台上那个绝顶聪明的他:制造着密集笑点,冷不丁口吐金句,在不知不觉中牵

你好生活，好好干活。

着所有人的心跟着他走。但少有人见过沉浸在自己世界里的他：婚礼上、生日时、推杯换盏间，那个真的为自己而笑的他。那才是他内心的样子，憨直可爱，笑容比话多，也没有平时在台上那么"讨厌"了。

在《你好生活》里，他在不经意间露出了一点自己真实的样子吧。扛着硕大的望远镜，顶着被我嘲笑像个啤酒桶的压力，依然认真调试，撅着屁股一点点找着远空的星，口中还大谈着他曾居住过的那一颗。那一瞬间，我真的觉得他像那个小王子，不是像，他就是。他拥有自己的星球，有着自己对世界的理解，他那颗星球轻易不欢迎地球人。连我自认为是他的朋友，也只是在地球上远远看到过他的星球而已。他那里，只有他。这和荧屏上的那个撒贝宁有些分裂，无妨，工作中的他与生活中的自己越远，越分裂，他就越有能力保有真实的自我，一个真正生活里的自我。主持人归根结底也是演员，放下话筒回到自己的世界里，演给谁看？最轻松，不过做自己。

因为随着真实自我的完善，那些我们饰演的"角色"也会愈发成熟。一如现在的董卿，因洒脱而自在，因放得下，而拿得住。我不了解生活里的董卿，于是邀请她来《你好生活》，想看看舞台上那个"她"，在寻常的日子里还稳不稳得住。前一晚她录制别的节目到深夜，到酒店入住时已近凌晨三点，疲惫不堪，这让我有些担心她休息不够，但第二天早上见到时，俨然已满血复活，精神抖擞。她穿着米白色的亚麻衣裤，两袖随意地挽在肘部，远远走来，像个植物学家。我突然意识到，尽管看似轻松随意，但

小撒，老孙，董力和我，
70、80、90后的心中都藏着一个少年。

"卿"听。

这还远不是生活里的样子。我当时想，今天怕是见不到我想寻找的那个，生活里最真实的样子的她了。直到聊至兴处，她突然手一撑，一屁股坐在了地上，我也跟着坐下来，有点凉，但从换了坐姿开始，我俩都彻底放松下来。

"我小时候吃花。"她说道。我惊讶地看着她，脑补着她大口嚼花的样子，有可能没那么难堪，但至少和我心中的她相去甚远。我想属于她的本真，她更真实的样子，应该是她心里的那个吃花少女。随着舞台上的诸多历练，董卿长大了，但少女从未长大。董卿也很少把少女示人，难免偶尔无意流露，又快速收敛起来。董卿在台上状态很松弛，但她从不放松。就像在春晚，在《朗读者》《诗词大会》中，我们看到的都是那个遗世独立的她，而那席地而坐、肆意大笑的董卿，只在《你好生活》里闪现了一瞬，而已。

后来有个组里女生告诉我们，那一天，董卿是身体不方便的。

周全是对一个人处事最好的夸奖之一，我身边里外周全的朋友不多，小天算是一个。他知道节日要什么，也清楚自己能给多少。世故之辈和周全之人，看似完成了同一件事，但给人的感受却截然不同，一个满手油，一个一身清。如果节目中每个人都有一个让我感念的瞬间——董卿席地而坐，小撒俯身观星，小天的就是全身匍匐在地和熊猫深情对视了。小天是个深情的男子，对自然深情，对朋友深情，对机车深情，对生活深情，活得热烈而饱满，有时又像孩子般稚气未脱，好奇和爱质疑，执拗和勇敢。

不负我们翻山越岭几小时，终于在野外山腰，遇见了野化训

笑泪交织的一期节目，每个人都红着眼眶，每个人都带着故事。

练中的大熊猫，那一刻应该会深深刻进人生里吧，苦苦寻找未果，在行将放弃的最后一刻遇见，遇见的瞬间不似想象中那般兴奋狂欢，而是幸福得泪流满面。生活就是这样，你想找到的那些，其实早已等在那里，悠悠然、平淡淡。它哪管你找得焦头烂额还是遍体鳞伤，它就在那里，找去吧！属于你的答案终会被找到，答案比问题冷静得多。

我很感激来的每一个人，感谢他们在节目里基本把自己不为人知的一面展露人前。尤其那些隐藏的、深埋的、平常不愿透露的悲喜，三两杯下肚，一吐为快。邀请康辉的时候，我哪里想过他会在我们面前掩面而泣，为逝去的深爱的生命难以自持，更哪里会预料他和爱妻之间亲昵的称呼，会让我们始料不及。我从节目角度出发，极其希望这段能完整播出，不必询问妻子的意见了，不料他却一语扫射全场：

"她的意见很重要。"

全体沦陷。

虽然最后在他强大的气场下我不得不妥协，用音乐掩盖了通话的声音，但这么一处理，反倒更吊足了观众的胃口，都说这是声音打码，纷纷打听他们到底聊了什么竟至如此，我说："第二季，我会找机会播出来。"

于是第二季，我们真的又要出发了，尽管我总说，为了做《你好生活》，我失去了生活。

原本可以不用那么辛苦，固定录着两档节目，每个月有不少属于自己的时间。但从决定做这档节目开始,我就选择了放弃享受生活,做一件看似有意义的事。生活是拥有,有时生活也是失去,失去却也意味着新的拥有。与其说节目的目标,是让更多人看到美好的生活在哪里,不如说是我借着制作一档节目的缘由,看看自己能到哪里。

随着行走的脚步越来越远,我看到了自己的成长和改变,从过去在生活中体验,到如今从体验中提炼,我更清晰地看到,如果一个人选择认认真真地生活,他会看到多少生活之美,心中无数问题也将在寻找中发现答案。

生活总归是美好的,它在山川草木中,在平凡日常中。节目嘉宾迎来送往,每期内容更变化多样:地点在变,行动在变,主题在变,人也在变……

我们的生活本来不就是如此?

它从来没有一纸蓝图,更没有标准答案。在寻梦途中,在平凡的生活中,在成长的路上,不就会遇到形形色色的人,陪伴我们走过人生的每一小段吗?不就是时而跨越高山,时而搏击人生,时而以泪洗面,时而放肆欢笑吗?

做了一档新节目,集结一伙小团队,这次奇妙的旅程让我明白了,有些事并没有你想象中那么难,只要用心、有执念、尽全力,周围的诸多能量就会向你聚拢,所谓"全世界的力量都会来帮你"。他们认为你可以做到,进而你自己也逐步建立信心,最终你真的一步一步抵达预期,再次由衷感慨,那些曾经的不敢想,后来都不敢相信地变成了现实。

永远别打满分，给一切留足余地；永远不要过分期待，来的都是惊喜。

若有人问我：这么多年，有什么事是你一直在坚持的？我想我会说：坚持不抱希望。

从最初认为自己真的没有希望，自然从不预设和期待；到逐渐拥有一点能量后，依然凡事都抱着最坏打算；再到侥幸迎来诸多良机和舞台，还是会刻意打压欲望，告诫自己万物平衡，有得有失，随时做好有一天会失去这一切的准备。这世上没有恒久的拥有，没有谁的人生永在浪尖。留出一片田地，给自己退一步的距离。

这和我体内留存的，那个小小少年的想法几乎一致，他谨小慎微，不惹是生非，自己在心里制造一个小世界，精心维持着那里的平衡。他也有梦想，但从来都是小小的梦想，实现一个，画条细细的线，一点一点画出心中的图景。

现在如果有人问我，小尼，你未来有什么规划？

我会发现自己还是答不上来，因为我只能看到下周《你好生活》需要解决的问题。朦胧而无尽的未来，变成了脚下近在咫尺的路。为当下忙得焦头烂额的我，竟找到了难得踏实。

这本书写至此，虽然"我要到哪儿去"这一问题依旧无解，但我觉得已经够了。这个故事没有结局，没有什么是最终的、永远的答案。

走就是了,其他留给时间。

就像姥姥走了以后,用了几个月画出她的样子,每一个线条里,都是记忆中儿时的过往,不知不觉,她变得完整而富有生命。

成长亦如此,当你走累了,回过头,发现自己已经走了很远。

远方并不在前面,而在身后。

人的成长,真的是一夜之间吗?

也是。一件事,一把力,一扇门,一场梦,人就倏地长大了;

也不是。几番苦,几回等,几跟头,几许疼,别人都没看见罢了。

把想念，
填进每一点空白。

图书在版编目（CIP）数据

一夜长大 / 尼格买提·热合曼著 . — 武汉：长江文艺出版社，2020.8（2021.3 重印）

ISBN 978-7-5702-1590-4

I.①一⋯ II.①尼⋯ III.①随笔 - 作品集 - 中国 - 当代 IV.① I267.1

中国版本图书馆 CIP 数据核字 (2020) 第 133664 号

一夜长大
尼格买提·热合曼　著

选题产品策划生产机构	北京长江新世纪文化传媒有限公司
总　策　划	金丽红　黎　波
责任编辑	陈　曦　张　霓　　　装帧设计	郭　璐　　　责任印制	张志杰　王会利
助理编辑	吴传柱　　　　　　　内文制作	张景莹　　　版权代理	何　红
法律顾问	梁　飞　　　　　　　媒体运营	刘　冲　刘　峥　洪振宇
总 发 行	北京长江新世纪文化传媒有限公司
电　　话	010-58678881　　　　　　传　　真	010-58677346
地　　址	北京市朝阳区曙光西里甲 6 号时间国际大厦 A 座 1905 室　　邮　编	100028
出　　版	长江出版传媒　长江文艺出版社
地　　址	湖北省武汉市雄楚大街 268 号湖北出版文化城 B 座 9-11 楼　　邮　编	430070
印　　刷	天津盛辉印刷有限公司
开　　本	880 毫米 ×1230 毫米　1/32　　　　　　印　张	9.625
版　　次	2020 年 8 月第 1 版　　　　　　　　　　印　次	2021 年 3 月第 3 次印刷
字　　数	200 千字
定　　价	68.00 元

盗版必究（举报电话：010-58678881）

（图书如出现印装质量问题，请与选题产品策划生产机构联系调换）